中國妖怪繪卷 1

作者／張雲
繪圖／喵九

好讀出版

人之假造為「妖」，由人所化成，
或者是動物以人形呈現，像是狐妖、鹿妖等等。

動物篇。

物之性靈為「精」，由山石、植物等等所化，
成了千奇百樣超越當時人類理解的奇異事物。

植物篇。

萬物皆有靈，有其精魄，一盞燈、一塊玉，
甚至是一本書，都有它們的精彩神氣。

器物篇

物之異常為「怪」，對於人來說，不熟悉、
平常生活中幾乎沒見過的反常事物，即所謂「非常則怪」。

怪物篇

打開一扇中國妖怪故事的繽紛之窗

妖怪和妖怪文化在中國源遠流長，是中華民族優秀傳統文化的重要組成部分。全世界很難找到一個國家像中國這樣，將關於妖怪的記載、想像形成一種深厚的文化現象，其延續時間之長、延伸範圍之廣、文學作品之多，舉世罕見。

妖怪和妖怪文化是中華文明的璀璨奇葩，值得我們一代代傳承下去。

那麼，什麼是妖怪呢？

我們的老祖先將妖怪定義為「反物為妖」「非常則怪」。簡單地說，生活中一些怪異、反常的事物和現象由於超越了當時人類的理解，無法解

釋清楚，就稱之為妖怪。

所以，所謂的妖怪指的是——根植於現實生活中，超出人們正常認知的奇異、怪誕的事物。

妖怪，包含妖、精、鬼、怪四大類。

妖——人之假造為妖，此類的共同特點是，人所化成，或者是動物以人形呈現，比如狐妖、落頭民等等。

精——物之性靈為精，山石、植物、動物（不以人的形象出現）、器物等所化，如山蜘蛛、罔象等等。

鬼——魂魄不散為鬼，以幽靈、魂魄、亡象出現，比如畫皮、銀倀等等。

怪——物之異常為怪，對於人來說不熟悉、不瞭解的事物，平常生活中幾乎沒見過的事物；或者見過同類的事物，但跟同類的事物有很大差別的，如天狗、巴蛇等等。

中國的妖怪、妖怪文化歷史悠久。有足夠的考古證據表明：早在石器時代，我們的老祖宗就開始對妖怪有了認知和創造。可以說，中國妖怪的歷史和中國人的歷史是一以貫之的，「萬年妖怪」之說一點兒都不為過。

從先秦時代，中國人就開始將妖怪和妖怪故事記錄在各種典籍裡，此後歷代產生了《白澤圖》《山海經》《搜神記》《夷堅志》《子不語》《聊齋志異》等無數的經典作品，使得很多妖怪家喻戶曉。

中國的妖怪和妖怪文化不僅深深影響了中國人，也傳播到周邊國家，深受異國友人的喜愛。比如，日本著名的妖怪研究學者水木茂稱：「如果要考證日本妖怪的起源，我相信至少有七成的原型來自中國。除此之外的兩成來自印度，剩下一成才是本土的妖怪。」由此可見，中國的妖怪和妖怪文化對日本的巨大影響。

由於種種原因，中國的妖怪和妖怪文化還沒有得到足夠的關注，很多人甚至將我們老祖宗創造的中國妖怪誤認為是日本妖怪，這是十分令人惋惜的。

筆者用十年時間，寫成《中國妖怪故事》（全集）一書，在深入研究中國傳統古籍，尤其是志怪的分類和定義的基礎上，釐清「妖怪」的內涵，從浩渺的歷代典籍中搜集、整理各種妖怪故事，重新加工，翻譯成白話文，同時參考各種民間傳說、地方志等，並結合自己的研究，確保故事來源的可靠性與描寫的生動性。該書記錄一千零八十種中國妖怪，是目前為止華文世界收錄妖怪最多、最全，篇幅最長、條例最清楚的妖怪研究專著。

《中國妖怪故事》（全集）出版以來，回響強烈，深受讀者喜愛，這讓筆者感到既欣喜又惶恐。

將中國妖怪、妖怪文化發揚光大需要所有人的努力，中國的妖怪故事不僅妖怪的形象充滿想像力、故事情節生動，而且其中蘊含著許多為人處世的道理，值得珍惜和深入挖掘。

長久以來，中國妖怪的故事雖然豐富，但妖怪的圖像留存較少，甚為可惜。出於這樣的想法，筆者精心選取一百個妖怪故事，將其分為植物、動物、器物和怪物四類，加以潤色加工，並嚴格按照典籍記載，為妖怪畫像，以期能為中國妖怪的愛好者們打開一扇中國妖怪故事的繽紛之窗，為中國妖怪和中國妖怪文化的普及和發展貢獻出棉薄之力。

這項工作，我們也將會繼續推進下去。

中國妖怪文化博大精深，源遠流長。我們的老祖宗創造了它們，它們的故鄉在中國，它們的故事我們祖祖輩輩都在講述，都在流傳。

那麼，請打開這本書，讓我們一起開啟精彩的認識妖怪之旅吧。

張雲

二〇二一年九月一日於北京搜神館

動物篇。

人之假造為「妖」，由人所化成，
或者是動物以人形呈現，像是狐妖、鹿妖等等。

01

東倉使者

【出處】清代樂鈞《耳食錄》〈卷九・東倉使者〉

清代，江西金溪縣蘇坊村有個姓周的老太太，已經五十多歲了，丈夫死了，又沒有子女，一個人住在破屋裡面，以乞討為生。

有一天，周老太太想到自己的生活過得這麼淒慘，很傷心，坐在屋子裡哭。這時，忽然有個聲音對她說：「哎呀，你太可憐了，讓我來幫助你吧。」周老太太轉過臉，卻沒看見有人，很是驚慌。那聲音又說：「你不要害怕，床頭有兩百文銅錢，你可以拿著到集市上去買米做飯，再也不用靠著向別人乞討過活啦。」周老太將信將疑，就去床頭找，果然發現那裡放著錢。

周老太太就問對方是何方神聖，那聲音說：「我叫東倉使者。」周老太太知道東倉使者的確是在幫助自己，也就不害怕了。從此之後，或者是

錢，或者是米，或者是食物，每天都會出現在周老太太家裡。雖然這些東西並不多，只夠維持周老太太一兩天的吃喝用度，但只要沒有了就會自動出現，周老太太再也不用出門乞討了。

有時候，東倉使者也會送來衣服。這些衣服儘管是粗衣粗布，可是穿起來很暖和。周老太太感激東倉使者，認為他一定是神仙，就對他說：「神仙您這麼幫助我，我很感激。一直以來，我都沒有看到過您的模樣，所以我想見見您，祭拜您。」東倉使者說：「老太太，我不是什麼神仙，既然你想見我，那我們就在夢裡相見吧。」

這天晚上，周老太果然夢到了東倉使者，原來是一個鬚髮皆白的老頭。

這樣過了很長時間，周老太太聽說左鄰右舍家裡經常莫名其妙丟東西，就隱約知道是東倉使者的所作所為——偷了鄰居的東西來幫助自己。

有時候，東倉使者也會預先告訴周老太太鄉里會發生的好事或者壞事，並且囑咐她不要說出去。周老太太一開始還不相信，後來發現東倉使者預測的這些事竟然都變為了現實。就這樣，一晃多年過去了。

之前，有個鄰居發現周老太太有吃有喝，也不出去要飯了，就覺得奇怪，便到她家裡暗中觀察。鄰居在周老太太家裡發現了自己先前丟的東西，很是生氣，要把周老太太當小偷抓起來。這時候，忽然聽見有個聲音說：「偷東西的是我，你家裡富足，不愁吃穿，為什麼不能分一點兒給窮苦的人呢！你再這樣糾纏，別怪我不客氣！」說完，空中有無數的瓦礫、石塊飛過來，那個鄰居嚇得落荒而逃。

這事情傳開了，所有人都認為周老太太家裡鬧了妖怪，很多人還前去看熱鬧。來人如果對它客客氣氣，它也說話不倦，娓娓動聽；如果對它出言不遜，那就會被它毫不留情地用瓦片砸得頭破血流。它卻對周老太太言聽計從，周老太太不讓它砸人，它就立即收手。

有一天，一個書生喝醉了，借著酒勁來到周老太太家，破口大罵：「是什麼妖怪在這裡幹壞事，你敢出來和我較量一番嗎？」如是再三，東倉使者也不露面，那書生就大搖大擺地離開了。

周老太太不免奇怪，問東倉使者：「您為什麼單單怕他呢？」東倉使者說：「他是書生，讀的是聖賢書，在學校裡受過教育，理應迴避他。何況他又喝醉了，我不和他一般見識。」

那個書生聽說了，更得意起來。沒過幾天，又過來找事，這次卻被東倉使者用瓦片砸得抱頭鼠竄。

周老太太就問為什麼又出手了，東倉使者說：「無緣無故罵人，一次也就算了，他本來就理虧，我暫且饒了他；再來，不僅不收斂，還變本加厲逞威風，那就是他無理，我自然砸他！」

鄉里人都覺得有個妖怪在這裡，不是什麼好事情，就在一起商量，想請龍虎山最善於降妖除魔的張真人幫忙。不過前往龍虎山的路並不好走，一時半會兒沒法請到。

周老太太並不知道這件事。有一天，她突然聽東倉使者哭著說：「老太太，大事不妙，龍虎山張真人調兵遣將要除掉我，我以後再也沒辦法幫助你了。」周老太太急忙說：「您怎麼不逃走呢？」東倉使者說：「張真人已經布下天羅地網，我插翅難飛。」說完，東倉使者痛哭流涕，周老太太也急哭了。

第二天，鄰居果然拿著龍虎山張真人給的符咒闖了進來，他是託親戚

暗中向道長求來的，東倉使者事先不知道也就沒能加以阻止。鄰居逕直走進臥室，把符咒貼在牆上。

周老太太很生氣，上前就要撕掉那符咒，忽然聽見轟隆一聲響，只見一隻大老鼠被劈死在床頭。它住的洞穴，洞口比窗戶還大，因為它平時就坐在洞口，所以沒有被人看見。

周老太太這才知道，東倉使者原來是個老鼠精。沒有了東倉使者的幫助，周老太太又成了乞丐。

02

高山君

【出處】晉代干寶《搜神記》〈卷十八．高山君〉

漢代，山東有個人叫梁文，喜好道家方術。所謂「道家方術」，指的是能夠讓人長生不老的法術。為了能夠早日修成正果，梁文在家裡建了一個神祠。

神祠有三四間屋子，占地廣大，裡面供奉著神仙寶座，並用長長的黑色帷帳蓋住。平時，梁文經常向神座供奉、叩拜，十分虔誠。他相信總有一天，神仙會降臨在寶座之上，傳授自己長生不老的仙法。那個寶座梁文十分看重，上面的帷帳十幾年都沒有動過。

有一天，和往常一樣，梁文正在舉行一場祭祀，突然帷帳裡面傳出說話聲，自稱「高山君」。梁文喜出望外，把他當作神仙看待，恭恭敬敬地侍奉。這位高山君不僅能吃能喝，而且法術高超。凡是有人生病了，前來

找他，他都能夠藥到病除。

這樣過了幾年，有一次，高山君喝醉了，梁文就大膽乞求他：「神仙，能不能讓我走到帷帳裡，一睹您的真容呢？」

高山君說：「我長什麼樣子，你不能看。不過，你可以把手伸過來摸一摸。」

梁文把手伸進帷帳裡，摸到了高山君的下巴，覺得他的鬍鬚長得很長。梁文慢慢把他的鬍鬚繞在手上，用力扯了一下，突然聽到裡面傳來「咩咩」的羊叫聲。神仙怎麼會發出羊的叫聲呢？梁文和周圍的人都覺得很奇怪。於是，大家掀開帷帳，把高山君從裡面拽了出來。

結果，大家發現這位高山君根本就不是神仙，而是袁術家裡的一頭老羊。這頭老羊丟失七八年了，一直沒有找到。梁文殺了這頭羊，從此之後，就再也沒有奇怪的事情發生了。

03

黑魚

【出處】清代和邦額《夜譚隨錄》〈卷三．靳總兵〉
清代袁枚《子不語》〈卷三．鄱陽湖黑魚精〉

清代，陝西有個地方叫魚河堡（今陝西省榆林市南魚河鎮），周圍都是沙漠戈壁。住在堡裡的人，需要去三四十里外的無定河裡取水，不僅路很遠，而且也很麻煩。所以，不少人經常去附近沙漠窪地裡面的水潭裡挑水。

其中有個水潭又深又大，從來沒有乾涸過，一個妖怪喜歡上這裡，就霸占了下來。這妖怪經常偷吃村裡的牲畜，有時候還吃小孩子。大家都很害怕它，不得不通宵達旦挨家挨戶巡邏戒嚴。

有的人看到過那個妖怪——高達一丈有餘，長髮垂肩，皮膚黝黑，一襲黑衣，凶猛可怖。

村裡人被這個妖怪禍害得很慘，但是誰也沒有辦法制服它。就在大家灰心喪氣的時候，有個八十歲左右的老道士帶著徒弟從湖南遠道而來，路過村子，說是有降妖除魔的本領。

大家很高興，湊了一筆錢，請他們幫助除掉妖怪。老道士以年老為藉口拒絕了，但是徒弟卻要去。老道士對徒弟說：「你的法術還沒學到家，只怕勞而無功。」徒弟卻說：「當年在四川，我可是鑽進水裡殺過妖怪的。」老道士搖搖頭，說：「今非昔比，四川的水清澈見底，這裡的水很混濁，根本看不清下面的情況，你跳下去很危險。」

徒弟卻不肯聽師父的話，來到水潭旁邊，做了法事之後，脫掉衣服，手持寶劍，鑽入水中。很快，水潭裡波濤洶湧，村民以為道士捉住了妖怪，一齊吶喊助威。不到一頓飯的工夫，卻見水面血紅一片，先是漂上來一隻手臂，然後是一個人的腦袋。眾人上前查看，發現老道士的徒弟已經被妖怪吃掉了。村民很害怕，嚇得四散而逃。

正在這時，有個叫靳桂的軍官率領部隊經過，見大家驚慌失措的樣子，就問到底出了什麼事。村民將事情的來龍去脈告訴了靳桂。靳桂立刻派遣三百多名士兵挖開溝渠，將潭中的水抽乾，抓住了一條近兩丈長、嘴

巴巨大、全身沒有鱗片的大黑魚，被抓時它還在泥裡搖動著尾巴。大家把這條黑魚殺了煮著吃，味道很難吃，從此之後當地再也沒有鬧過妖怪。

關於黑魚這種妖怪，還有一個故事。

也是在清代，江西的鄱陽湖裡有一條黑魚精作祟。有個外鄉人許某坐船經過時，忽然颳來一陣黑風，湖面出現了一兩丈高的大浪，上面露出一張巨大的魚嘴，朝天噴水，把船打翻。船上的人全死了，包括許某。

聽到父親被害的消息，許某的兒子很難過，發誓要殺了這條黑魚精，為父親報仇。許某的兒子做了幾年生意，攢下了許多錢財，就去龍虎山請降妖除魔的天師。可天師年歲已高，就對許某的兒子說：「想要斬妖除怪，全靠純真之氣。我年老多病，對付不了這個黑魚精。不過，你是個孝順的人，我即便死了，也會讓我的兒子去制服它。」

不久，老天師死了，他的兒子接替他的職位，成為新的天師。許某的兒子聽說了，一年後又去拜求。小天師說：「我父親去世前，的確交代過這件事。那個黑魚精占據鄱陽湖已有五百年，神通廣大，我雖然會符咒法術，但必須找有根基的仙官來幫忙，才能成功。」說罷，小天師從箱子裡拿出一面小銅鏡，交給許某的兒子，說道：「你拿著這個鏡子去照人，如果發現有三個影子的人，就趕緊來告訴我。」

許某的兒子聽了小天師的話，拿著這面銅鏡，走遍江西，所照之人都只有一個影子。找了幾個月，他忽然發現有個叫楊錫紱的孩子有三個影子，趕緊回來告訴小天師。

小天師派人去村子，給了楊錫紱的父母一大筆錢，假稱慕楊錫紱的神童之名而來，請他到學校裡看看他的學問如何。楊家貧寒，很高興地讓人把孩子領走了。

這一天，眾人來到鄱陽湖，在湖邊建立了法壇，唸誦咒語。小天師給楊錫紱穿上法袍，揹了劍，出其不意，把他連人帶劍丟進了湖裡。眾人目瞪口呆，尤其是楊錫紱的父母，號啕大哭，向小天師索命。小天師笑道：「沒事。」過了一會兒，只聽得湖中霹靂一聲響，楊錫紱手提著大黑魚的腦袋，站在浪頭之上。小天師派人划船將楊錫紱接回來，發現那湖水方圓十里一片血紅，孩子周身衣服卻不沾一滴水。

等到楊錫紱回來，大家都爭相問他到底發生了什麼事。楊錫紱說：

「我掉進水裡，就好像睡著了一樣，並沒什麼痛苦。片刻後，看見一個穿著金甲的將軍把魚頭放在我的手裡，抱我站在水上，其他的我就不知道了。」

從此之後，鄱陽湖再也沒有黑魚精為非作歹了。而殺死黑魚精的楊錫紱，後來做了大官，成為專門管理河道的漕運總督。

04

鹿妖

【出處】晉代葛洪《抱朴子．內篇》〈卷十七．登涉〉
晉代陶潛《搜神後記》〈卷九．鹿女脯〉
唐代柳祥《瀟湘錄》〈嵩山老僧〉

很久以前，張蓋蹹、偶高成兩個道士，在四川雲臺山的石洞中修行。一天，忽然有個穿著黃色長衫、戴著葛布頭巾的人來到兩人跟前，說：「勞煩兩位道長，在這裡辛苦地隱居修煉。」

張蓋蹹和偶高成覺得對方模樣很奇怪，應該不是人。但是怎麼才能知道對方的底細呢？他們突然想起，年代古老的青銅鏡子能夠照出妖怪的原形。

原來，世間年月久遠的東西，有的能變化成人形，經常迷惑、試煉人，但是不管妖怪如何狡猾，一般來說，都會在鏡子裡現出原形。所以，進入山林修行的道士都會將直徑九寸的銅鏡揹在身後，那樣妖怪就不敢靠近。將銅鏡放在修行之地，如果是仙人或者是友好的山神前來，鏡子裡面會顯現出人形，而鳥獸變的妖怪在鏡子裡就會原形畢露了。有時，修行高深的老妖怪前來，總是會交談一番再離開，等它轉身的時候，就可以用鏡子照一下，若是鏡子裡沒有腳後跟，那一定是妖怪。

張蓋蹹和偶高成一邊穩住對方，一邊偷偷地拿來鏡子照了一下，發現鏡子裡果然不是人，而是一隻鹿。「你這傢伙不過是山中的老鹿，竟然敢口出人言來我們這裡！」兩個道士大聲喝斥，話音未落，那人就變成一隻鹿，跑掉了。

關於鹿妖，還有一個故事。

在晉代，一個下雨天，淮南人陳某在田地裡幹活，忽然看見兩個穿著紫色上衣、青色裙子的少女出現在自己面前，容貌豔麗，有說有笑。陳某覺得很奇怪：明明在下雨，這兩個女子的衣服卻完全沒有濕，莫非對方是妖怪。家裡的牆上正好掛著一面古銅鏡，陳某轉過頭從鏡中看去，發現是兩隻鹿站在眼前。陳某舉起刀砍過去，兩個少女立刻化身為鹿想要逃跑，但未能成功。後來陳某把鹿肉做成肉脯吃了，味道很好。

唐代也有一個鹿妖的故事。

河南嵩山有個老和尚，搭了個茅舍在山裡修行。一天，有個小孩前來，請求老和尚收下自己當徒弟。老和尚閉目唸經，不搭理他，那小孩就從早到晚哀求，也不離開。老和尚覺得奇怪，就問：「這裡荒山野嶺，人跡罕至，你一個小孩子從哪裡來？又為何求我收你為徒？」小孩說：「我家就在山腳下，父母都死了，只剩下我一個人，孤苦伶仃的。我想跟著您修行，遠離世俗，還請師父您收下我。」老和尚回答道：「有心修行是好。不過出家當和尚要耐得住寂寞，與普通人在家不同，你能從今往後一心一意修行嗎？」小孩說：「我決意如此，天地為鑑。」老和尚見他很機敏，覺得與他有緣，就答應了他的請求。

小孩成了老和尚的弟子後，修行很努力，和別的僧人辯論佛法時往往勝人一籌，老和尚認為他是個人才。幾年後的一個秋天，萬木凋零，涼風吹過溪谷，讓人備感淒清。小和尚看著山川草木，有些悲傷，自言自語地說：「我本來生長在深山裡，為什麼要做和尚呢？與其在這裡勞費心神，不如尋找往日的夥伴去吧！」說完，他對著空谷放聲大喊，聲音悠長清越。過了一會兒，來了一群鹿，小孩脫掉僧衣，變成一隻鹿，跳躍著和鹿群一起消失在莽莽群山之中。

05

黃鱗女

【出處】唐代張讀《宣室志》〈卷四．柳宗元〉

唐代，有個大文學家叫柳宗元，曾經被貶職到永州（今湖南省永州市）擔任司馬，途中經過荊門（今湖北省荊門市）時，住在一個驛站裡。

這天晚上，他夢見一個身穿黃衣的婦人向他跪拜，哭著對他說：「我家住在江裡，眼下馬上就要大禍臨頭、死路一條了。除了您，誰也救不了我。還請您幫幫我。如果能夠活下來，我不僅對您感恩戴德，而且能夠使您加官晉爵、延年益壽。即便您想做將軍或是做丞相，也不是什麼難事。」

夢裡，柳宗元答應了這個婦人的請求。醒來之後，他覺得事情很奇怪。等到他再睡著時，又夢見了那個婦人，一再請求他救命。

柳宗元折騰了一夜，第二天早晨，荊門這個地方的主帥派人來請他去參加宴會。柳宗元吩咐手下準備車馬，看看時間還早，就小睡了一會兒，結果又夢見那個婦人。婦人皺著眉頭，憂心忡忡地對柳宗元說：「現在時

間緊急，我隨時都有生命危險，如同風中敗絮，隨風飄逝。還請您能趕快想個辦法。」話音剛落，又再三鞠躬。

柳宗元驚醒之後，覺得事情十分奇怪，心想：為什麼這個穿著黃衣服的女子，屢次三番出現在自己的夢裡，向自己求救呢？難道是和去參加荊門主帥的宴會有關係？無論如何，我倒是有心想要救她。

柳宗元百思不得其解，就趕緊坐著車子赴宴，把夢裡的事情告訴了荊門主帥。主帥同樣也不清楚到底怎麼回事，就把準備宴會的手下人叫過來詢問。

這位手下說：「前天，有個漁夫用網捕捉到一條巨大的黃鱗魚，主人因為要請柳司馬來參加宴會，我們正準備用它來做菜，現在已經砍下了它的頭。」

柳宗元大吃一驚，說：「出現在我夢裡，求我救命的那個穿著黃衣服的婦人，就是這條大黃鱗魚呀！」於是，讓人把大黃鱗魚放歸江中，可惜魚已經死了。

這天晚上，柳宗元又夢見那個婦人。不過，在夢裡，她已經沒有了頭。

06

老鴞

【出處】宋代洪邁《夷堅志．夷堅甲志》〈卷八．金四執鬼〉

鴞，是一種凶猛的鳥，樣子像鷹，個頭比鷹小，以捕捉小鳥為食。古代人認為，活了很久的鴞有的會成為妖怪。

宋代，在福州城（今福建省福州市）的城南，有片面積約十畝的蓮花池，池子裡種植著蓮藕。等蓮藕成熟了，一個叫金四的平民就把蓮藕挖出來，揹到集市上賣。

金四家住在一個叫南臺的小村莊，距離蓮花池有七里地。為了防止有人偷藕，他經常晚上去池邊巡邏。

一天深夜，金四巡邏時看到一個人走在蓮花池的小路上，就上前詢問。那人說：「哎呀，我有很重要的事情要去做，所以才夜裡趕路。」

當時已經二更天了，金四一向膽大過人，仔細觀察，覺得對方舉止不太像人，走的路又不常有人走，就問他去哪裡，他說去南邊。金四說：「巧了，我家就住在南邊，正好順路。不如這樣，你先揹我走兩里路，然後我揹你走兩里，就這麼相互揹著，如何？」那人想了想，答應了。

於是他們兩個你揹我，我揹你，不知不覺來到了金四的村子。等到家門口的時候，金四抱住那人不放，大聲喊家裡人過來幫忙。家裡人提著燈籠跑出來，發現那東西的確不是人，而是一隻老鴰變化的。

金四綁住了這隻老鴰，燒死了它。

07

螻蛄

【出處】南北朝劉義慶《幽明錄》〈卷四〉、〈卷六〉

螻蛄是一種生活在泥土中的昆蟲，晝伏夜出，前足很大，像兩把小鏟子，非常善於掘土。古人認為，螻蛄有靈性，有時會化身妖怪幫助人。

晉代，廬陵郡（郡治在今江西省吉安市）太守龐企的祖父因為犯罪被關進了大牢。他覺得自己死路一條，心裡很絕望。有一天，他看見有一隊螻蛄在身旁爬行，就說：「聽說你們有靈性，如果是真的，請你們行行好，想辦法讓我活命吧。」說完，他便用飯去投餵這些螻蛄。它們吃完就離開了，過了一會兒又回轉來，身體明顯比之前大了許多。龐企的祖父覺得奇怪，就不斷地給這些螻蛄餵飯，過了幾天，每個螻蛄都變得比小豬還要大。

不久之後，行刑的日子到來了。在龐企的祖父被殺之前，螻蛄在牢房牆腳上挖了一個大洞，幫助他逃跑了。

關於螻蛄，還有一個故事。

也是在晉代，零陵（今湖南省永州市零陵縣）有個人叫施子然，一天有一個穿著黃色衣服、頭戴便帽的人前來拜會他。施子然問對方的姓名，這個人說：「我姓盧，名鉤，家在檀溪水邊。」

施子然和盧鉤聊得很投機，交往了很久，關係很不錯。有一天，村裡有個人在檀溪邊的大坑裡看到無數隻螻蛄，其中有幾隻特別壯碩，一隻尤其巨大。於是他就把這件事告訴了施子然。施子然這才恍然大悟：「近日造訪我的那個客人說他叫盧鉤，盧鉤的發音，就像是螻蛄呀。家住檀溪，就是西邊的坑。原來他是個妖怪！」施子然讓人用開水灌進了坑裡，殺死了那些螻蛄。自那之後，就再也沒有怪事發生了。

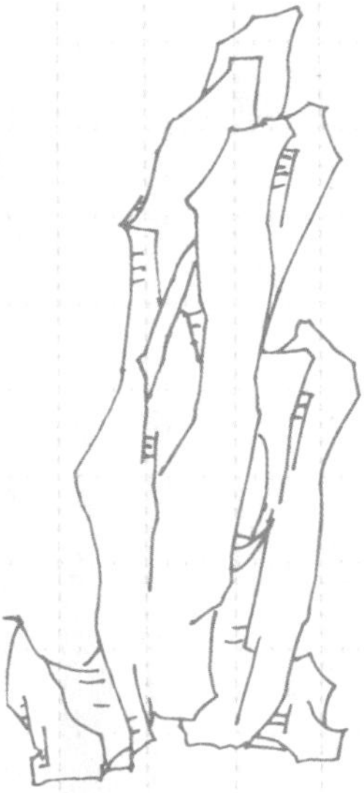

08

螺女

【出處】唐代薛用弱《集異記．補編》〈鄧元佐〉

唐代，潁川郡（郡治在今河南省禹州市）有個叫鄧元佐的人，非常喜歡遊山玩水，凡是聽說有風景優美的地方，他總是想方設法去遊覽一番。

有一年，鄧元佐到吳地（今江浙一帶）遊學，快要到達姑蘇（今江蘇省蘇州市）時，不小心迷了路，一連走了十幾里地，也沒碰上人家。

當時天已經黑了，道路險峻崎嶇，路邊蒿草叢生。鄧元佐怕有危險，正著急呢，忽然看見前方有燈光，好像是有人家的樣子，就走了過去，想要投宿。

走到跟前，他看見一座很小的房舍，裡面只有一個女子，二十多歲的年紀。鄧元佐就向女子說：「我今天晚上不小心迷了路。現在天色已晚，再往前走，我擔心碰上凶猛的野獸，不知可否容許我在你家住一晚，萬分感激。」聽了他的話，女子有些為難，說：「我的父母不在家，孤男寡女住在一起，不太方便。何況我家很窮，床鋪也十分簡陋。」鄧元佐苦苦哀求了半天，女子才勉強答應。

女子將鄧元佐領到一個泥土堆成的土床跟前，又在上面鋪了一層軟草，接著端來食物招待他。飯菜很香，鄧元佐餓得厲害，狼吞虎嚥地吃完後，他美美睡了一覺。天亮醒來，發現自己竟然躺在泥田裡，昨晚見到的那個房子也不見了，身邊只有一隻巨大的田螺，直徑達十六寸半。

鄧元佐這才知道昨晚那個女子就是這隻田螺變成的。一想到女子端給他吃的東西，鄧元佐就噁心得彎腰嘔吐起來。而他吐出的，全是青色的泥。

不過，鄧元佐並沒有傷害那隻田螺，向它道謝之後，趕緊離開了。後來，他專心學習，再也不出去遊歷了。

09

驢妖

【出處】唐代張讀《宣室志》〈卷二．王薰〉
清代俞樾《右臺仙館筆記》〈卷五〉

在古代驢子是一種常見的家畜，不僅可以用來騎乘，還可以用來幫忙幹活。活了很久的驢子，往往會興妖作怪。

唐代天寶年間，有個叫王薰的人居住在長安延壽里。一天晚上，王薰和幾個好朋友在家裡吃飯，酒酣耳熱之際，忽然有一條巨大的手臂從燭火的陰影中伸出來。大家都很害怕，湊上前瞧——手臂顏色烏黑，還長了很多毛。大家正覺得奇怪呢，就聽見一個聲音說：「你們聚會，也不叫上我，請給我一些肉吧。」

王薰就給了對方一些肉，那手臂就消失了。過了一會兒，手臂又伸出來要肉，說：「感謝您給我肉，吃完了，希望再給我一些。」王薰就又在它掌中放了肉，於是手臂又消失不見了。王薰和朋友商量，都覺得是妖

怪，他們謀劃道：「要是它再出現，我們就砍斷它。」又一會兒，手臂果然再次伸了出來，王薰拔出寶劍，砍了下去。手臂被砍下，血流滿地，之前那個聲音也消失了。王薰仔細看了看，發現竟然是一條驢腿。

天亮之後，大家沿著血跡追蹤，來到一戶人家。這戶人家稱，家裡養了一頭驢，已經二十年了，昨天晚上無緣無故少了一條腿，好像是被利器砍斷的，正覺得奇怪呢。王薰將昨晚的事情原原本本地告訴了對方，那戶人家就將那頭驢殺掉了。

清代時，浙江慈溪縣城的北門附近有戶姓馮的人家，相傳家裡出現過驢妖。馮家有個小兒子得了一種怪病，常常昏厥。據小兒子說，有個長長耳朵、渾身是毛的人來到床頭，拿出泥團強行塞入自己的嘴裡，他才會昏過去。大家這才知道是鬧了驢妖。過了一陣子，小兒子慢慢地身體就好了，也沒有留下後遺症。後來，爆發了戰爭，馮家的宅子在戰火中被燒毀，但是驢妖的老巢還在，它時不時地還會出來捉弄人。

10

獺

【出處】晉代干寶《搜神記》〈卷十八〉
晉代戴祚《甄異傳》
南北朝劉敬叔《異苑》〈卷八〉
南北朝劉義慶《幽明錄》〈卷四〉
清代袁枚《續子不語》〈卷二〉、〈卷七〉等

獺 這種妖怪，最擅長變化為美麗的女子或者俊俏的男子與人交往。

晉代，河南有個人叫楊醜奴，他住在湖邊，常常到湖邊拔蒲草。有一天，天快黑了，他看見一個漂亮的女子晃晃悠悠地划著一條裝滿蓴菜的小船靠了過來。女子的穿著雖然不很光鮮亮麗，容貌卻異常美麗。她說自己的家在湖的另一側，天黑了一時回不了家，想在楊醜奴家裡借住一宿。楊醜奴答應了，將她請到家裡，做飯招待她。兩人有說有笑，相處得很融洽。楊醜奴不小心摸到女子的手，發現她的手指非常短，根本不像是人的手。「這女子，肯定是個妖精吧！」楊醜奴懷疑起來。女子很快察覺了楊醜奴的心思，傷心地說：「我雖然是妖精，可也只不過想和你做個朋友罷了，並沒有什麼壞心思。」說完，她變成一隻水獺，跳入水中不見了。

另一個故事是南朝宋文帝元嘉十八年（公元四四一年），廣陵（今江蘇省揚州市）有個叫道香的女子，送丈夫往北方去。送走丈夫後，道香獨自回家，見天色晚了，就在一座廟裡休息。

晚上，丈夫突然出現在她面前。道香覺得奇怪，就問丈夫：「你不是去北方了嗎？怎麼又回來了？」丈夫回答說：「我很掛念你，不想離開你身邊，所以就回來了。」夫妻兩人高高興興地回了家。

當時有個海陵（屬今江蘇省泰州市）人叫王纂，擅長降妖除魔，他懷疑那個人不是道香的丈夫，而是妖怪變的，道香被妖怪迷住了雙眼。所以，王纂來到道香的家中，開始唸咒施法。果然，道香的丈夫露出原形，變成一隻水獺跳到水巷裡跑掉了。道香也恢復了意識。

11

鼠少年

【出處】唐代柳祥《瀟湘錄》〈逆旅道士〉
五代徐鉉《稽神錄》〈卷二·建康人〉

在唐代，有段時間，京城長安附近的山道上有很多盜賊，晝伏夜出，過往的行人和商旅常常被搶劫、殺害。天明後，官府派人去圍捕，搜遍了周圍，也發現不了這幫人的影蹤。這件事鬧得人心惶惶。人們清晨不敢上路，天一黑就趕忙找旅館住下。

後來，有個道士途經附近的旅館，聽說了這件事，就跟大家說：「這肯定不是人，應該是妖怪幹的。」深夜，道士拿著一枚古鏡，躲在道路旁邊。過了一會兒，果然看到一隊少年前呼後擁地走過來，穿著盔甲，拿著武器，耀武揚威。他們發現了道士，大聲斥責說：「路旁藏著的是什麼人？不要命了！」道士掏出古鏡去照，那些少年頓時丟盔棄甲，狼狽逃去。

道士一邊唸咒，一邊追趕，追了五六里路，看到這些少年全都鑽進一個大洞裡去了。他守到天亮，又從住的旅館裡找來很多人挖這個洞。等挖到深處，裡頭有一百多隻大老鼠跑了出來。大家殺了這些老鼠，長安附近的山道就再也沒有發生過盜賊殺人搶劫的事情了。

宋代，建康（今江蘇省南京市）有個人吃完魚，把魚頭丟在地上。過

了一會兒，他看到一匹小馬從牆壁下的洞裡跑了出來，馬上還坐著一個小人，只有八九寸高，穿著盔甲，用手裡的長矛刺住魚頭，拖入洞裡。來來回回，拖了四次。這人覺得奇怪，就挖開那個洞，看見好幾隻大老鼠在啃魚頭，那把長矛則是一根破舊的筷子，至於馬和盔甲則沒有找到。過了不久，這個人就死了。

12

八哥

【出處】清代蒲松齡《聊齋志異》〈卷三．鴝鵒〉

八哥是一種通體烏黑的鳥，不但叫聲婉轉，而且特別聰明，因此很多人喜歡馴養。

清代時，有個山東人養了一隻八哥。這隻八哥不僅十分靈巧，而且還學會了說話。這人很喜歡這隻八哥，和它形影不離，去哪裡都帶著它，就這樣過了好幾年。

有一次，這人去絳州（今山西省運城市新絳縣），那地方離家很遠，他把帶的錢都花光了。正在為回家路費發愁，就聽見八哥說：「你為什麼不把我給賣了呢？賣到王爺家裡，肯定能有個好價錢，這樣不愁回去沒有路費。」這人說：「我可不忍心把你賣了！」八哥說：「沒事，賣了我之後，你拿到錢，趕緊走，到城西二十里的那棵大樹下等我。」這人就答應了。

他帶著鳥進了城，八哥故意和他說話，引來很多人看熱鬧。一隻鳥

竟然會說人話，大家都覺得很稀奇。城裡的王爺聽說了，就把這人叫到了府裡，問他賣不賣鳥。這人說：「我和這隻鳥相依為命，不願意賣。」王爺問八哥：「你願意留下來嗎？」八哥說：「我願意！」王爺聽了，很高興，更想買了。八哥說：「王爺，你給他十金就行了，別多給。」

王爺哈哈大笑，當即讓人拿來十金，交給了這人。這人拿了錢，顯得非常懊悔，恨恨不已地離開了。

王爺買了八哥，和它說說笑笑，看著鳥兒應答敏捷，很是高興，還讓人取來肉餵它。八哥吃完了肉，說：「我要洗澡！」王爺趕緊讓人用金盆盛了水，又開了籠子，放出了八哥。八哥舒舒服服地洗了澡，在屋簷外飛來飛去，梳理自己的羽毛，還不停地跟王爺說話。過了一會兒，八哥的羽毛乾了，它輕輕揮動翅膀，用剛學會的山西話說：「王爺，我走了哈，再見！」說完，撲棱著翅膀，丟下王爺，去城西的大樹那邊，找原先的主人了。

王爺捶胸頓足，想要再找鳥和人，都難覓蹤影。他花了錢，卻白忙活了一場。

後來，有人在西安的集市上看到過那個人。他還和那隻八哥在一起，關係依然是那麼好。

13

蟻王

【出處】南北朝東陽無疑《齊諧記》

南北朝時，富陽縣（今浙江省杭州市富陽區）有個叫董昭之的人，乘船過錢塘江，看到江中有隻大螞蟻趴在一根蘆葦上，隨波漂浮，馬上就要被淹死了。董昭之不忍心，就用繩子繫著蘆葦，把大螞蟻帶到了岸上。

這天晚上，董昭之夢見一個穿著黑衣服的人前來感謝自己。這人說：「我是蟻王，非常感謝今天你從江裡救了我。以後你如果有危難，請告訴我，我一定會幫助你。」

過了十幾年，董昭之住的地方發生搶劫事件，他被官府無端定罪，指控為首犯，關押在餘姚（今浙江省餘姚市）。董昭之想到之前蟻王的那個夢，就暗暗地向蟻王禱告，求它趕緊來救自己出去。

一同被關押的人見他嘀嘀咕咕，很好奇，就問怎麼回事，董昭之將蟻王的事情告訴了對方。對方聽了後，說：「你可以找幾隻小螞蟻，讓它們出去給蟻王送信。」董昭之覺得對方說得有道理，就找來幾隻小螞蟻，讓它們去傳話。

當天晚上，董昭之果然夢到蟻王前來。蟻王對董昭之說：「不用擔心，我會設法救你。出去之後，你可以逃到餘杭山裡。不久之後，你的罪會被免除的。」深夜，有很多大螞蟻前來，咬壞了董昭之身上的刑具，幫助他成功越獄。

逃出來之後，董昭之按照蟻王的吩咐，躲進了餘杭山裡。不久，山外果然傳來了消息。因為董昭之是被冤枉的，官府赦免了他的罪行，他平安回到了家裡。

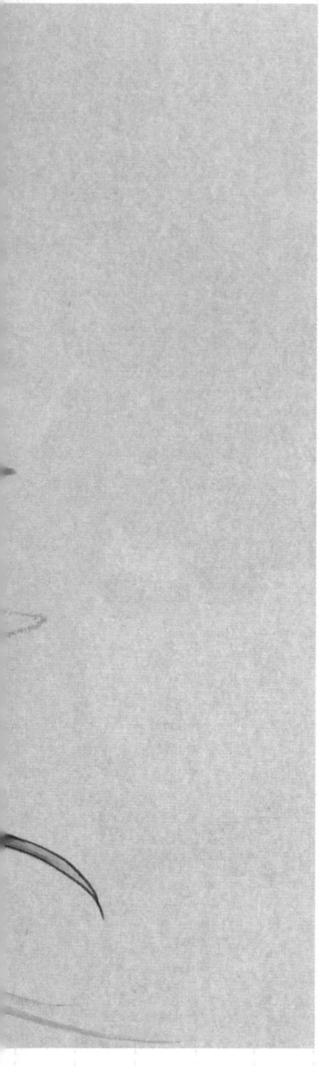

14

瓦隴子

【出處】宋代洪邁《夷堅志．夷堅甲志》〈卷十一．瓦隴夢〉

瓦隴子，又叫蚶子，是一種貝類，吃起來味道鮮美。

宋代，有個叫洪慶善的人，帶著家人來到江陰（今江蘇省江陰市），他的好朋友送了他一百多個瓦隴子作為禮物。洪慶善的妻子丁氏是溫州人，宅心仁厚，不願意殺生，就將這些瓦隴子放在盆裡，準備第二天把它們放回到江中。

當天夜裡，丁氏做了一個夢，夢見很多乞丐，全身赤裸，瘦骨嶙峋，只用兩片瓦一前一後遮蔽著身體，一個個卻滿臉歡喜。可是，另有十幾個乞丐看起來很悲傷，對夥伴說：「你們高興了，我們可要遭殃了。」

第二天早晨，丁氏醒來想了想，覺得自己夢到的用瓦片遮擋身體的乞丐，肯定是那些瓦隴子。丁氏趕緊起來查看，發現盆裡面的瓦隴子被家裡的小妾偷偷吃了十幾個，數量正好和夢中悲傷的那十幾個乞丐對應得上。

15

褪殼龜

【出處】清代許奉恩《里乘》〈卷八．褪殼龜〉

清代，揚州有個人，家裡養的雞鴨狗豬等家畜，經常無緣無故就不見了，全家都覺得很奇怪，卻也無可奈何。

一天，有個乞丐經過他家門口，仔細觀察了他家的宅子，問道：「你家養的東西，是不是經常丟失？」這人忙說：「的確如此，你是怎麼知道的？」乞丐冷笑道：「你們家馬上就要大禍臨頭了，趕緊想辦法，不然一家人可能都要性命不保，更別說這些家畜了。」這人驚問：「你有辦法嗎？」乞丐說：「你家裡有個妖怪，我不知道它是什麼來頭，只能試試。要是能幫你解除危險，你可以給我一些錢買酒喝；要是不成功，也別怨我。」這人就答應了乞丐的要求。

乞丐在他家裡四處溜達，來到廚房，看到一口水缸，就說：「妖怪應

該是在這裡了。」

乞丐讓這家人去買了一塊豬肉，煮到半熟，用鐵鉤鉤住，把鉤子的一端用繩子掛在柱子上，把肉放在水缸旁，然後躲在旁邊觀察。果然，大家看到從水缸下爬出來了個東西，一口咬住肉，被鉤子鉤住了。這個東西想要掙脫套索，卻被繩子牢牢繫在柱子上，無法逃脫。乞丐此時快步上前，把這個東西綁住，與主人同看，原來這東西有近十二寸長，長得如同蜥蜴。

乞丐說：「你們幸虧是遇到我。這東西名叫裩殼龜，剛剛完成變化，還容易制住。要是再過一年多，就能吃人了，到時候你一家老小恐怕都要被它吃了。」

這人很吃驚，想起家中曾經養了一隻大龜，已經消失不見很多年了，就覺得應該是那隻大龜變的。於是四處尋找，果然在牆下的狗洞裡發現了龜殼。原來，大概是因為狗洞太小，烏龜不小心爬進去，被卡住了，它猛然向前用力，身體就從殼裡鑽了出來。

乞丐說：「這龜殼本是好東西，是化骨妙藥，如果有人有齲齒，或者身上長了毒瘡、骨頭壞死，抹上一點點，就能藥到病除。不過也要特別小心，倘若接觸過多，不管是骨頭還是皮肉，都會被融化。」說罷，乞丐將褪殼龜、龜殼剁成肉泥，連同地上的血跡也一起弄乾淨，裝進瓦罐，埋入深山中。主人很高興，留乞丐吃飯，還如約給了乞丐錢作為酬謝。

第二年，這家主人舉辦酒宴，夏天天氣炎熱，有個客人在門前露宿。早晨起來，他發現那位客人不知道怎麼回事，身體竟然化成了血水，只剩下了頭髮。主人因為此事，被官府抓了，關進了牢裡。

這時，那個乞丐又來了，聽了這件事後，說：「怪我當時沒收拾乾淨，在門上留下了那怪物的一些血跡，掉在了那客人的身體上，就將他化成血水了。」乞丐把這件事情稟告了官府，這家主人才被放出來。

16

老蹣

【出處】清代陳恆慶《諫書稀庵筆記》〈第四章．老蹣〉

自古以來，人們都認為刺蝟這種小動物很有靈性，活了很久的刺蝟有時會變成妖怪。

清代，山東濰縣（今山東省濰坊市）縣城的東部，有個叫九曲巷的地方，相傳有個妖怪。白天看不見它，一到晚上，它就搖搖晃晃地在巷子裡溜達，有時候乾脆躺在道路中間呼呼大睡。

這個妖怪身體像盆那麼大，全身長著刺，不傷人，也不幹壞事，當地人都叫它「老蹣」，其實就是一隻老刺蝟精。

九曲巷街道兩旁開滿了各種各樣的店鋪，人來人往，生意興隆，是全縣最繁華的地方，有錢人都住在這裡。因為這個原因，有一夥強盜夜裡闖進來搶劫，結果不知怎麼回事，在巷子裡怎麼也走不出去，最後全都被官府抓住了。

人們都說是因為老蹣，是它守著這個巷子，保護大家。

很多人對老蹣感興趣，想知道白天它躲在什麼地方，不過哪裡都找不到它的藏身之處。這是為什麼呢?可能是因為刺蝟非常善於蜷縮，即便身體很大，也能鑽進很小的洞裡。何況老蹣是個妖怪，神通廣大，想發現它的家可不是一件容易的事。

當地人很喜歡老蹣，平時碰到了，都會提醒對方：「晚上碰到老蹣，可千萬不要傷害它呀！」

除了濰縣人喜歡刺蝟，在北京，人們也很喜歡它。北京人將刺蝟當作財神供奉，聽說極為靈驗。

17

量人蛇

【出處】唐代裴鉶《傳奇》〈鄧甲〉
清代梁紹壬《兩般秋雨庵隨筆》〈卷四．量人蛇〉
清代朱翊清《埋憂集》〈卷四．秤掀蛇〉

量人蛇是一種喜歡和人比試的妖怪。

唐朝寶曆年間，有個叫鄧甲的人，拜茅山道士峭岩為師，學習法術。峭岩這個道士能夠借助藥使瓦礫變化，寫符召來鬼神，很厲害。

鄧甲很用功，也很誠心，學習起來廢寢忘食。峭岩見他這麼上進，也很受感動，就教鄧甲學習藥法，可是鄧甲始終學不成，教他學習符法，鄧甲也沒學成功。

峭岩對鄧甲說：「看來你和這兩種法術沒緣分，不能勉強。」於是，峭岩就傳授鄧甲專門對付天地之間蛇類的法術，這種法術是峭岩的獨門絕技，天底下也只有他一個人懂得。

鄧甲將師父的這門法術學成後，就下山回老家了。他走到烏江時，剛好遇上會稽的縣宰被毒蛇咬傷了腳，正痛苦地叫。鄧甲替他治療，先用符保住他的心臟，替他止了疼，然後說：「必須召來咬人的那條蛇，讓它收回您腳上的毒。否則的話，您就得砍掉自己的腳了。」

但是，咬傷縣宰的那條蛇修為很高，擔心有人報復它，已經遠遠跑掉了。於是鄧甲在桑林裡修了一座祭壇，壇寬四丈，把丹藥撒在祭壇的四周，又用篆書寫了一些符咒召集十里內的蛇。沒過多久，幾萬條蛇蜂擁而至，聚積在祭壇的周圍。最後來了四條大蛇，每條都有三丈長，像水桶一樣粗，盤據在蛇堆上。

這時候，正是盛夏季節，草木原本翠綠旺盛，可是因為毒蛇噴出的毒氣太多，祭壇周圍百步內的雜草和樹木全都枯黃落葉了。

鄧甲卻不慌不忙，光著腳爬到蛇堆的最上層，用一根青色的小竹棍敲著四條大蛇的頭說：「你們幾個是五種毒蟲的主管，掌管界內的蛇，怎能讓手下用毒去害人呢？你們趕緊吩咐它們，讓咬縣宰的那條蛇留下，其他無辜的蛇可以離開。」

大蛇似乎聽懂了鄧甲的話，蛇堆崩倒，大蛇先去，小蛇跟在後面，一

起離開了。只有一條筷子一樣粗細的土黃色小蛇留在原地，看來就是咬縣宰的那條了。

鄧甲讓人把縣宰抬來，讓他伸出腳，接著命令小蛇收回它的毒。小蛇開始時不願意，身體一伸一縮。鄧甲就叱責小蛇，使用法術將小蛇的身子變得只有幾寸長，小蛇看起來很痛苦，不得不張開口，向腳瘡吸毒。等將縣宰的毒吸乾淨之後，小蛇就變成一灘水，死了。

鄧甲的法術，就是這樣厲害。

有一次，鄧甲來到了浮梁縣，當時是冬末春初，茶園裡有不少毒蛇，茶農們去採摘茶葉，被咬死了幾十人。縣城裡的人知道鄧甲神通廣大，於是大家就湊了一些錢，請鄧甲除去這一禍害。

鄧甲就修建了一個祭壇，施展法術，想召喚蛇王前來鬥法。很快，蛇王出現了，粗如人腿，長一丈多，身上色彩斑斕，後面跟著一萬多條小蛇。蛇王隻身上了祭壇，與鄧甲比試起來。蛇王先豎起身體，頭昂起來高達數丈，想看誰更高一些。鄧甲很聰明，用拐杖頂著帽子往上舉，蛇王雖然竭盡全力，身體還是沒辦法超過鄧甲的帽子，就倒在地上化成一灘水

死了，那些小蛇也跟著蛇王一起死了。有人說，如果蛇王的高度超過了帽子，那麼死的就是鄧甲了。

自那以後，再也沒人在茶園裡被蛇咬過。

清代，在瓊州（今海南省），有蛇名叫量人蛇，可以長到近百寸的長度，遇到人就將身體豎立起來，和人比高矮，並且會大聲叫道：「我高！」這個時候，如果碰到它的人不說話，或者承認沒有蛇高，就會被吃掉；如果回答：「我高！」蛇的身體就會落下來死掉。

有人說，和量人蛇比高矮是有辦法的。當蛇站立起來時，人可以隨手拾個東西往上高高拋起，然後說：「你不如我高！」量人蛇往往不甘心，就會翻身躺倒，伸出一千多隻小腳，想和人比試誰的腳多。碰到這種情況，人可以把自己的頭髮散開，對蛇說：「你的腳不如我的多！」量人蛇就會收起腳，趴在地上。這時候，要趕緊將身上的衣帶弄斷，對量人蛇說：「我走了！」做完這些，那條量人蛇必死無疑。

18

牛龍

【出處】清代錢泳《履園叢話》〈叢話十四．祥異．水牛〉

清朝初年，安東縣（今江蘇省淮安市漣水縣）長樂北鄉有個地方叫團墟，住在這裡的張某，家裡養了一百多頭水牛。有一次，牛群跑進水裡，等上岸後，張某數了數，發現丟了一頭。

有天晚上，張某夢見那頭丟失的牛對自己說：「我快要變成龍了，在桑墟河裡和龍打架，卻打不過它，你能幫我一下嗎？」張某問怎麼幫忙，牛說：「你可以在我的牛角上綁兩把刀子。」張某答應了。

第二天早晨，張某起床之後，打量自己的牛群，看哪一隻的角足夠大，能綁上刀子的。結果在牛群裡發現了一頭大水牛，它的肚子下面長著龍的鱗片，知道這就是在夢裡向自己求助的牛，於是找來兩把刀，綁在了它的角上。

第三天，桑墟河那邊突然狂風暴雨大作，那頭牛和龍打鬥起來。因為雙角上綁了刀子，那頭牛十分占便宜。河裡的龍打不過它，被它傷了一隻眼睛，逃跑了。牛高興地跑進大河，成了新的河龍。

後來，凡過大河，忌諱說「牛」字；過桑墟河，則忌諱說「瞎」字。一旦不小心說起這兩個字，河上立刻會捲起風濤。

19

魘精

【出處】唐代戴孚《廣異記》〈卷八．天寶彍騎〉

唐代，邯鄲（今河北省邯鄲市）一帶，出現了名叫魘精的妖怪，經常跑到人們的村莊裡，周圍的人對它都習以為常。

有三名騎兵，夜晚到這個村子投宿，一個老太太說：「不是我不留你們，而是我們村子裡來了魘精，只要有客人來，一定會被它們害苦，一定要提防。這個妖怪雖然不會傷人，但是會給你們帶來麻煩，讓你們昏迷，做噩夢。」這幾個騎兵一向不怕妖怪，就留下歇息了。

到了半夜二更時分，其中兩人睡著了，還有一人沒睡著。他看見有個東西從外面跑進來，長得如同老鼠，但毛是黑色的，穿著綠色的衣服，手裡拿著一個五六寸長的笏，彎著腰，偷偷摸摸地向一個熟睡的同伴走去，同伴的臉上立刻露出了十分痛苦的表情。妖怪接連魘了兩個人，接著，妖怪就朝這個人走過來，當它來到床前的時候，這個騎兵覺得妖怪全身散發著一股涼氣，十分冰冷。他跳起來，一把拽住了它的腳脖子，然後叫醒同伴，三個人一起抓住了它。到了早晨，村裡的人也來了，大家一起審問它。不過，無論怎樣審問，妖怪都不吭聲。

騎兵生氣了，大聲說：「你如果不告訴我們你到底是什麼東西，我們就用油鍋炸了你。」那妖怪十分害怕，才說：「我是千年的老鼠成精，如果迷昏了三千人，就能夠變成狐狸。我雖然讓人昏迷、做噩夢，但是從沒有傷過人，還希望你能夠饒了我。如果放了我，我一定離開這裡，跑到千里之外去。」

三個騎兵見這個妖怪的確沒幹什麼嚴重的壞事，就把它放走了。

20

蛇王

【出處】清代袁枚《子不語》〈卷十八．蛇王〉

傳說，在湖南、湖北一帶，有種妖怪叫蛇王。這種妖怪沒有耳朵、眼睛、爪子、鼻子，但是有嘴，長得如同一個四四方方的櫃子，走起路來發出咣當咣當的響聲，它經過的地方，草木都會枯萎死掉。

蛇王非常喜歡吃蛇，當它覺得餓了的時候，就張開嘴猛吸，周圍的巨蟒、惡蛇都會被它吸入嘴裡，變成汁水，成為它的美食，而它櫃子一般的身體也會越發膨脹起來。

常州（今江蘇省常州市）有姓葉的兄弟倆去巴陵（今湖南省岳陽市）遊玩，在路上看到一群蛇蜂擁而來，他們怕被蛇咬到，趕緊閃在一旁躲避。隨後，颳起了一陣風，聞起來又腥又臭，好像有什麼怪物要過來。兄弟二人覺得情況不對勁，就爬到了樹上。

過了一會兒，他們看到一個四四方方的櫃子一樣的怪物從東邊過來，模樣很嚇人，像刺蝟又沒有刺。弟弟拉弓放箭，射向那個怪物，可是對方即便被射中，也好像沒事兒一樣，依然大搖大擺地走過來。弟弟跳下樹，來到那東西的跟前，想再放箭，卻被怪物噴出來的毒氣熏到，弟弟身形搖晃，暈倒在地。等怪物走後，哥哥下來查看，發現弟弟已經死了，屍體也

化為了一灘黑水。

哥哥很傷心，把這件事情告訴了別人。有個老漁翁聽了，說：「那怪物就是蛇王，我有辦法抓住它。」人們問他有什麼辦法。老漁翁說：「蛇王最厲害的就是嘴裡面噴出來的毒氣，我們可以製作一百多個饅頭，用竹竿插著送到它的嘴前，吸收它的毒氣。剛開始，饅頭會因為沾染毒氣發霉、腐爛、變黑，然後再換新饅頭，饅頭的顏色會發黃、發淺紅色，說明它的毒氣在慢慢耗盡。等到饅頭再也不變色的時候，大家就一起上，那時殺它就如同殺豬殺狗一般容易。」

大家都覺得有道理，按照老漁翁的辦法，果然殺掉了蛇王。

21

牛鬼

【出處】清代解鑒《益智錄》〈卷四．牛鬼〉

山海關以東的深山裡，有個村莊，莊裡農民都養牛。每年，等耕完地，莊裡人就會把牛集合在一起，趕到深山放養。因為牛很多，所以莊裡專門雇了一個叫伊任的人放牧牛群。

牛在山裡，最怕碰到老虎。有一天，伊任趕牛進山，忽然竄出來一隻大老虎。伊任大叫道：「老虎來了！」話音剛落，牛群裡跑出一頭大公牛，直奔老虎而去。伊任則爬上身旁的一棵樹觀望。

那頭公牛勇敢地和老虎搏鬥，老虎雖然爪牙鋒利，但牛的犄角和蹄子也十分厲害，打了許久，不分勝負，老虎就跑了。公牛很累，停下來趕緊吃草。伊任知道公牛餓了，害怕老虎等一會兒再來，就趕緊拿麥麩餵它。果然，公牛剛吃飽，老虎又來了。只見那頭公牛精神抖擻，再次和老虎搏鬥，最終把老虎打敗了。

伊任大喜過望，自此之後，進山就跟著那頭公牛，每次只要有老虎出現，公牛就能把對方趕走。牛群也因此安然無恙。

一天晚上，伊任做了一個夢，夢見這頭公牛對自己說：「快點兒醒來！我之前因為吃了靈芝，所以才會有打敗老虎的本事，可是今天晚上我就要死了。我死後，你把我的兩隻牛角收好，以後有大用處。如果你以後在山上遇到麻煩，就連喊『牛鬼』，我一定會來救你。」伊任醒來，發現是個夢，以為不可信。早晨起來，發現那頭牛真的死了。

按照規矩，如果牛死在山上，必須剝掉皮給主人，這樣主人才會相信牛的確死了。伊任認為這頭牛很神奇，沒有剝了它的皮，而是收好了兩隻牛角之後，把它埋了。然後，伊任把事情告訴了牛的主人，對方聽說牛死了，又沒看到牛皮，以為伊任騙他，就把伊任辭退了。

伊任丟掉了工作，沒辦法生活，只能進山採人參，以此賺錢為生。他卻並不知道自己採山參的地方，也是老虎出沒之處。一天，伊任和幾個同伴在山裡歇息，因為太熱，所以他爬到樹上乘涼，沒想到忽然來了幾隻老虎，將同伴都咬死了。伊任嚇得要命，等老虎走了，想下樹，又怕老虎再來，他突然想起曾經做過的那個夢，就大喊了幾聲「牛鬼」。喊完，只見從東面來了一個人，身軀碩大，長得很像那頭牛，抬頭看著伊任，說：「你趕緊下來，有我在，保你安全。」

伊任下樹，這人說：「跟我來！」他不緊不慢地走在前面，伊任卻要竭盡全力才能跟上他的腳步。兩人來到一個院落。

伊任心想：「這傢伙肯定就是公牛變的牛鬼了。」就問對方的情況，那人說：「你不要問了。」

過了一會兒，那人拿出酒肉給伊任吃喝。吃飽喝足，那人對伊任說：「你不要出門，即便出去，也不要走到二百步之外。」伊任不明白對方的意思，但還是照做了。一天，伊任覺得屋中憋悶，便在附近欣賞風景。不遠處的山坡上伏臥著一隻老虎，看到伊任便衝下山坡，伊任大驚失色，奔回屋內，發現老虎竟然不敢上前。伊任就這樣生活了數日，一天那人對伊任說：「你來山裡，是採人參的吧？有個地方人參很多，你跟著我去採。」山路崎嶇，到了不好走的地方，那人又說：「我馱你走。」說罷，那人倒在地上，變成了公牛。路上遇見老虎出沒，公牛就帶著伊任長驅直入，反而是老虎見牛避走。伊任騎著公牛來到一個地方，果然挖到了數百斤人參。

22

山蜘蛛

【出處】唐代段成式《酉陽雜俎．前集》〈卷十四．諾皋記上〉
五代王仁裕《玉堂閒話》〈卷四．老蛛〉
《履園叢話》〈叢話十六．精怪．蜘蛛網龍〉
《耳食錄二編》〈卷四．蜘蛛〉

山蜘蛛是中國古代著名的一種妖怪，它體形巨大，常常潛伏在山林之中。

唐代，有個武藝高強的劍客，名字叫裴旻。有一次，他在山裡走，看見一個蜘蛛網，垂下來的絲又長又粗，跟家裡用的布一樣，上頭的蜘蛛跟馬車的輪子一樣大，發出怪叫向他爬過來。裴旻急忙拉開弓，射走了山蜘蛛，然後弄斷了幾根蜘蛛絲，收藏起來。據說，山蜘蛛的蛛絲很有用，如果貼在傷口上，不管傷口多大，立刻就不流血了。

五代時，泰山的腳下有座岱嶽觀，樓房殿堂古色古香，年代久遠。有一天晚上颳大風，人們聽到「轟」的一聲巨響，響震山谷，大家都不知道發生了什麼事。等到早晨去看，原來是觀裡的藏經樓倒塌了，裡面露出了

很多小孩的骨頭，足足裝滿了一輛車。

大家赫然在骨堆中發現了一隻巨大的蜘蛛，肚子扁圓像個大鼎，爪子又大又長，伸展開能覆蓋周遭數尺之地。以前，這個寺觀附近，老百姓家經常丟小孩，丟失的小孩不計其數，原來全都是被這個大蜘蛛吃了。只要是撞上蛛網或者被蛛絲黏住，無法走脫，必然被大蜘蛛害了性命。大家一起燒死了那隻大蜘蛛，燒的時候，它散發出來的臭氣，十多里外都能聞到。

清代，海州（今江蘇省連雲港市）的大伊山裡，傳說有隻活了千年的大蜘蛛，它呼出來的氣能夠化為黑霧。周圍的居民只要一看到這種黑色的煙霧升騰起來，就立刻關閉門窗，走路的人則面向牆壁躲避，不敢沾染，生怕中毒。有時候，這個大蜘蛛會變成老人，打扮得如同私塾先生一樣，喜歡和小孩一塊玩耍，從來不傷害人。

有一年夏天，忽然雷電轟鳴，有兩條龍來抓這個大蜘蛛精。蜘蛛吐絲布網，竟然把那兩條龍困住了。兩條龍急著掙扎而出，引起大水，把海濱都淹了。緊接著，天空中又出現了兩條火龍，噴火燒掉了蜘蛛網，才救出先前被困住的那兩條龍。過了一會兒，雨收雲散，龍和大蜘蛛都不見了。這件事發生後，當地人在地上撿到了蜘蛛絲，每一根都比人的胳膊還粗，顏色灰黑，堅韌無比，上面還有燒焦的痕跡。

也是在清代，海州的馬耳山上也有隻大蜘蛛，不知修行了多少年，經常在周圍的山裡遊走，當地人常常會看到它。這隻蜘蛛有時候在山間飛馳，有時候跑到海裡戲弄船舶。有個姓吳的人，一天在路上行走，看見西邊的林子裡似乎潛伏著一個龐然大物，等走到近前，才發現是那隻大蜘蛛。見到吳某，大蜘蛛飛快跑走，掀起來很多沙石，劈里啪啦地打在吳某的臉上。吳某趕緊趴在地上，只聽見大蜘蛛裹著疾風驟雨，從自己的頭上呼嘯而過。吳某膽戰心驚，好一會兒才風平浪靜，再看林子裡，黑光遠去了。

海州城裡經常颳大風，城外卻是草木不搖，有人說也是蜘蛛精所為。

23

檐生

【出處】唐代戴孚《廣異記》〈卷十．檐生〉

唐代有個書生，路上遇到一條小蛇，覺得它挺可愛，便收養起來。幾個月後，小蛇長大了不少，書生很喜歡它，經常帶著它四處去玩，並給它取了個名字，叫它「檐生」。

後來，小蛇越長越大，書生就把它放到范縣（今河南省濮陽市范縣）東面的大澤之中去了。四十多年以後，那條蛇長得巨大無比，身體就像是倒過來的船一樣，被人稱為「神蟒」，凡是經過大澤的人，都會被它吃掉。

書生這時已經成了一個老頭。有一天，他路過大澤，有人對他說：「澤中有條大蟒蛇吃人，你可千萬不能去。」當時正值隆冬時節，天氣很冷，書生認為冬月蛇都會冬眠，不會跑出來，更談不上吃人了，就沒有聽從別人的勸阻，來到了大澤附近。走了二十多里，書生忽然看到有一條大蛇追趕來。

儘管已經分別了幾十年，但書生還認識蛇的樣子和顏色，遠遠地對蛇說：「你不是我的檐生嗎？」蛇聽了書生的這句話，就低下頭，和書生玩耍、親熱了一番，很久才戀戀不捨地離開。

回到范縣，范縣的縣令聽說書生遇見蛇卻沒有死，認為很蹊蹺，就把書生叫過來詢問，得知那條蛇是書生養的，十分生氣，把他押進監獄裡，判了死刑。坐在牢房裡，書生哀歎地說：「檐生呀檐生，我養活了你，現在卻要因你而死，唉！」

那天夜裡，檐生在大澤裡掀起滔天巨浪，把整個縣城都淹沒了，唯獨關押書生的牢房躲過一劫，書生也因此活了下來。

植物篇

物之性靈為「精」，由山石、植物等等所化，成了千奇百樣超越當時人類理解的奇異事物。

24

柳樹精

【出處】
宋代李昉等《太平廣記》〈卷四百一十五．草木十．薛弘機〉（引《乾子》）
唐代張讀《宣室志》〈卷五．盧虔〉
清代袁枚《子不語》〈卷十六．柳樹精〉

唐代時，東都洛陽渭橋的銅駝坊裡，住著一個叫薛弘機的隱士。薛弘機在渭河邊上蓋了一間小草房，閉戶自處。每到秋天，鄰近的樹葉飛落到院子裡來，他就把它們掃到一塊，裝進紙袋裡，找到那樹歸還。所以，薛弘機是個很有品行的隱士。

有一天，殘陽西斜，秋風入戶，他正披著衣衫獨坐，忽然有一位客人來到門前。客人的樣子長得挺古怪：高鼻梁，花白眉，嘴巴方方的，額頭大大的，樣貌卓爾不群。這人穿著裘衣，顏色如同早霞那般絢爛。他對薛弘機深深施了一禮，說：「我聽說薛先生你喜歡幽靜，品行很好，而且也有修養，我住的地方，離你不遠，我非常仰慕你，所以特來拜見。」

這位客人談吐優雅，彬彬有禮，薛弘機對他印象很好，相談甚歡。薛弘機問其姓名，客人自稱姓柳，名藏經。兩個人一起唱歌吟詩，一直聊到天快亮了，柳藏經才起身告辭。

薛弘機送他出門，發現柳藏經走路時發出窸窸窣窣的聲音，出了門口幾步遠之後，他就消失了。薛弘機覺得有點奇怪，向鄰居打聽，大家都說沒有見過這樣的一個人。

幾個月後，柳藏經又來訪，並且和薛弘機成了很好的朋友。兩人在一起時，柳藏經似乎並不喜歡薛弘機離自己太近，有幾次薛弘機靠近他，發現柳藏經身上散發著一股朽爛木頭的氣味。

第二年五月，柳藏經又來了，與薛弘機吟詩作對，走的時候卻很不安，也不似之前那般從容。這天夜裡颳大風，毀屋拔樹。第二天，魏王池畔的一棵大枯柳被大風颳斷，這棵柳樹的樹洞裡藏著很多的經書，全都朽爛腐壞了。薛弘機聽說之後，才知道自己的這位朋友原來是柳樹精。「因為樹裡面有經文，所以才叫柳藏經呀！」薛弘機歎道。

也是在唐代，東都洛陽有一座舊宅子，屋宇高大，富麗堂皇，廳堂眾多。可凡是住進去的人，很多就平白無故死去了，所以屋門緊鎖，空了很多年。

貞元年間，有個叫盧虔的官員想買這座宅子。有人告訴他：「這宅子裡有妖怪，不能住。」盧虔不相信，說即便是有妖怪，我也能應付得了，到底還是買了。

晚上，盧虔和手下一起睡在堂屋裡，命僕人、隨從全住在屋外。他的這個手下非常勇猛，而且擅長射箭。因為聽說有妖怪，所以手下就拿著弓箭，坐在窗戶下，保護盧虔。快到半夜時，忽然聽到有人敲門，手下問是誰，有聲音回答：「柳將軍有書信要給盧官人。」盧虔沒有應聲。

過了一會兒，有一封書信從窗戶那邊塞了過來。上面的字像是蘸著水寫的，字體纖細工整。信裡面這樣寫道：「我家在這裡好多年了，你突然進來，占據了我的房子，簡直豈有此理！識相的，趕緊離開，否則我可不客氣了！」盧虔讀完這封信後，書信就飄然四散，變成了灰燼。

又過了一會兒，有聲音說：「柳將軍願意和盧官人見一面。」很快，院子裡出現了一個幾丈高的大妖怪，手裡拿著一個瓢。盧虔的手下見了，立刻拉滿弓，向妖怪射去，射中了它手裡拿的瓢。妖怪退走，過了很長時

間後，它又跑了回來，看上去氣宇不凡，腦袋昂得高高的，很是囂張。盧虔的手下又開弓放箭，射中大妖怪的胸膛，妖怪大驚失色，看上去很害怕，趕緊向東方逃走了。

天亮之後，盧虔帶人按照妖怪留下的腳印去找，一直來到宅子東邊的空地，痕跡才消失不見。只見這裡有一株大柳樹，高有十丈多，上面釘著一支箭，看來就是昨晚那個自稱「柳將軍」的妖怪了。盧虔砍掉了這棵大柳樹，自此宅子裡就再也沒有出現過妖怪。後來過了一年多，盧虔重新建造房屋，在屋頂的瓦片下發現一個瓢，有一丈多長，瓢的尾部，還插著當年射出的箭，看來就是「將軍」手裡的那個瓢了。

關於柳樹精，還有一個故事。

清代，杭州有個叫周起昆的人，在縣城的學校裡擔任教官。每到晚上，學校一間屋子裡的大鼓就會無故自響。周起昆覺得奇怪，便派人偷偷盯著，發現有個身高幾丈高的東西，長得像人，用手咣當咣當敲鼓。

學校看門的一個人，叫俞龍，一向膽子很大，就悄悄對著怪物射了一箭。那怪物被射中，狂奔而去，第二天晚上開始，那面鼓就再也不在深夜響了。

兩個月後，有天颳大風，學校門外的一棵大柳樹被連根拔起。周起昆讓人把它鋸斷當柴火燒，結果發現樹的腹部上有俞龍之前射的那支箭，這才知道那個敲鼓的怪物原來是柳樹精。

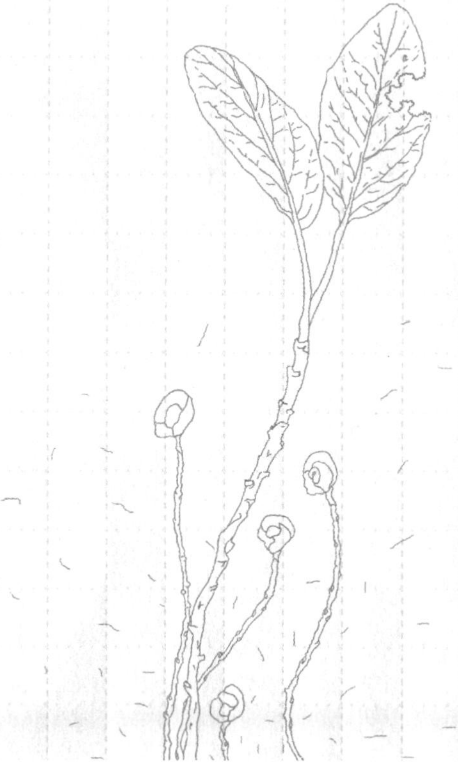

25

青桐

【出處】唐代段成式《酉陽雜俎．續集》〈卷一．支諾皋上〉

唐代時，臨湍寺有一個叫智通的和尚，經常唸《法華經》。智通修行刻苦，喜歡在安靜、沒有人煙的地方學習。

有一天晚上，智通正在打坐，忽然聽到有人繞著院子喊他的名字，一直到天亮，喊聲才停止，一連幾個晚上都是這樣。這麼鬧騰了幾天，當喊聲再次從窗口傳進來時，智通忍耐不下去了，就說：「誰呀？喊我有什麼事？有事可以進來講。」

話音剛落，有一個怪物走了進來。這個怪物身高近半丈高，黑衣黑臉，兩眼圓睜，張著血盆大口。怪物見了智通，雙手合十，行了禮。智通盯著它看了很長時間，說：「你冷嗎？冷的話，可以坐下來烤烤火。」那怪物就坐下了。

智通也不管它，只是唸經。到了深夜，怪物烤了很久的火，閉著眼張著嘴，抱著火爐睡著了，發出響亮的呼嚕聲。智通見了，從旁邊拿來香匙，掏了幾個火紅的炭火，放到了怪物的嘴裡。怪物被燙得嗷嗷大叫，跑到門外，消失了。

智通所在的寺廟背後是一座山。天亮後，智通在那怪物消失的地方，拾到一塊樹皮。他出了廟門，往山上找，走了幾里路之後，看到一棵大青桐樹，枝葉都掉光了，根部有一塊凹陷的地方好像是新近弄掉的。智通把手中的樹皮往上一摁，正好合上。大青桐樹的樹幹有個地方被砍柴人砍成了一個陷窩兒，深六寸多，大概這就是怪物的嘴，裡邊還裝著昨晚智通放的炭火，隱隱還有未熄滅的火星呢。

智通把這棵樹燒了，那個怪物就再也沒有出現過。

26

杉魅

【出處】唐代張讀《宣室志》〈卷五．董觀〉

唐代，有個叫董觀的人，住在山西太原。一年夏天，他和表弟王生到湖南、湖北一帶遊玩，然後計劃著去長安。

一天，兩人來到商於（今河南省南陽市西峽縣、淅川縣一帶），就在山中驛站中住下。晚上，王生已經睡下，董觀尚未入睡。他忽然看見一個東西出現在燈架下，伸出兩隻手，想去遮蓋燭光。它的手有點像人手，但是手指非常細。燭影之外，好像還有什麼東西。董觀有點害怕，慌忙喊王生。王生剛起來，那兩隻手便消失了。

董觀找了根棍子，握在手裡，對王生說：「小心，別睡了。那精怪還會再來。」於是，兩個人坐著等了很長時間，也沒再看到妖怪。王生有點生氣，說：「根本就沒有什麼妖怪，老兄你說謊呀。我好睏，先睡了。」

王生剛睡下不久，妖怪就又出現了，黑乎乎的一個影子，沒有臉，站在黑暗裡。董觀十分害怕，喊王生，王生先前被董觀折騰了一番，很生氣，根本不起來。情急之下，董觀就用棍子捅那妖怪的腦袋。說來奇怪，妖怪的身軀像用草做的，棍子一下子就捅了進去，使勁卻拔不出來。或許是因為棍子捅疼了它，妖怪沒有停留，帶著棍子逃走了。董觀怕它還會回來，沒敢合眼一直等到了天亮。

第二天，董觀把事情告訴了驛站的主人，主人說：「從這往西幾里，有一棵老杉樹，常常鬧出詭異的事情，你看到的妖怪可能就是那東西。」於是三人一起向西走，沒走多遠，果然看見一棵老杉樹，有一根棍子橫穿在枝葉之間，正是昨晚董觀用的那根棍子。驛站的主人說：「人們說這棵樹做妖很久了，我一直沒有親眼見過，這回我可信了。」三個人急忙取來斧子，把杉樹砍了。

27

參翁

【出處】南北朝劉敬叔《異苑》〈卷二〉
唐代張讀《宣室志》〈卷五．趙生〉

人參，在中國被視為百草之王，十分珍貴，有延年益壽、起死回生之效。傳說，有年頭的人參會吸收日月精華，成為妖怪。

南北朝時，上黨（今山西省東南部）這地方，有人半夜聽到孩子的哭聲，便起身四處尋找，發現聲音來自地下。這個人就拿起鋤頭往下挖掘，剛一下鋤，就聽到呻吟聲，結果挖出一枚人參，長著胳膊和腿，與人一模一樣。

無獨有偶，唐代天寶年間，有個姓趙的書生，他的先人以擅長文學而顯達。家裡兄弟四個都讀書考取了進士，當了官。唯獨他生性魯鈍，雖然讀書，卻讀不懂句子，不瞭解文意。到了壯年，依然沒有考取功名。參加宴會時，他看到朋友們都當了官，只有自己一事無成，心情很鬱悶。尤其

是喝酒喝多了，有人喜歡用這事奚落、戲耍他，書生覺得既羞愧又憤怒。

後來有一天，書生將很多書裝進箱子裡，帶著進山，在山裡建起一間茅草屋隱居，日夜苦學。即便是嚴寒酷暑，吃的是粗茶淡飯，穿的是粗布麻衣，日子過得清苦，但書生依然堅持學習。不過，可能是因為他實在是太笨了，越是勤奮進步越少，他也就越生氣，但是從始至終，他都沒有放棄。

過了幾個月，有一個穿著粗布衣服的老頭前來拜訪書生。老頭說：「我看你獨居深山，刻苦讀書，是不是想考取功名做官呀？你學習了這麼久，竟然連斷句、書中講的什麼道理這樣的基本問題都搞不清楚，也太愚笨了吧。」書生趕緊道歉，說：「沒辦法呀，我生下來就很笨，自己覺得以後不會有什麼大出息，所以才進山，讀書自娛。即便不能達到精通微妙的地步，我也會堅持下去，不給家裡人丟臉。」老頭說：「你這個孩子決心很大，我很喜歡。我老了，沒什麼才能，但想幫你一把，你有時間去我那裡一趟吧。」書生問老頭家住在哪裡，老頭說：「我姓段，家在大山西邊的一棵大樹下。」說完，老頭就不見了。

書生覺得這老頭恐怕是妖怪，就去大山的西邊尋找，果然見到一棵大椴樹，枝繁葉茂。書生想了想，自言自語說：「老頭說姓段，段和椴樹的椴同音，又說住在大樹下，那應該就是這裡了。」

於是，書生用鋤頭在椴樹下面挖，結果挖出來一根大人參。這根人參一看就有很多年頭了，胳膊、腿兒齊全，模樣長得和那個老頭很像。

書生想起老頭的話，就把人參吃了。從此之後，書生變得格外聰慧，讀書過目不忘，進步神速，明白其中深奧的道理。過了一年多，他果然考取了進士，做了官。

28

蕉女

【出處】宋代洪邁《夷堅志．夷堅丙志》〈卷十二．紫竹園女〉
明代陸粲《庚巳編》〈卷五．芭蕉女子〉

芭蕉這種植物葉片很大，亭亭玉立，所以不管是古代還是現在，大家都喜歡把它種植在庭院裡。有時候，它也會變成妖怪。

宋代，有個叫章裕的人，帶著僕人顧超去懷寧縣（今安徽省懷寧縣），晚上在一間書館歇息。一個穿著綠衣裳的女子前來找顧超，說是被母親逐出家門，沒有去處，見顧超在此，特來相會。顧超問她住在哪裡，她說在城南的紫竹園。顧超就收留了這位女子。

顧超把這件事告訴了章裕，章裕覺得情況不對勁，認為那女子肯定是妖怪，怕它害了顧超性命，和他商量，決定抓住它。

第二天晚上，那女子又來，顧超拽住女子的衣服不放，大喊：「有鬼！」章裕挑著燈前來捉拿，那女子奮力掙扎，扯斷袖子，逃之夭夭，而

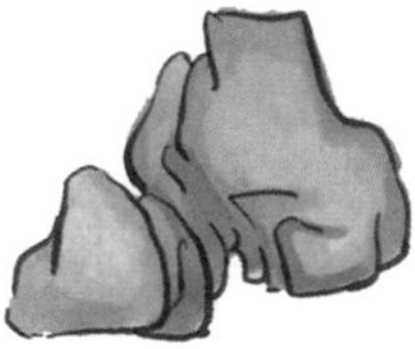

那衣袖變成了一片芭蕉葉。

後來，他們才聽說，城南的紫竹園裡面，有一大叢芭蕉年代久遠，成了妖怪。章裕就命人把芭蕉砍了，砍的時候，芭蕉流出了很多血。

明代，蘇州有個書生，名叫馮漢，家中的院子裡種著一些花草，青翠可愛。有一年夏天的傍晚，馮漢洗完澡坐在榻上，忽然看見一個穿著綠色衣裳的女子站在窗戶邊。馮漢問她姓名，女子款款施禮而拜，說：「我姓焦。」說完，女子直接走進了屋裡。

馮漢抬頭觀看，發現這女子肌膚嬌嫩，言行舉止可人，姿色絕佳，傾國傾城，但不像正常人。馮漢就站起來，扯住她的衣袖想抓住她。女子拚命掙脫，跑掉了，馮漢只撕下了她的一片裙角。第二天，馮漢起來，發現那片裙角竟然是一片芭蕉葉。他覺得奇怪，拿著芭蕉葉走到院子裡，發現種的那株芭蕉缺了一片葉子，比對一下，手裡的這片正好能合得上。

這株芭蕉是馮漢從一個寺廟移植過來的，他趕緊把這件事告訴了寺裡的和尚。和尚說，寺裡面之前的確曾有芭蕉作怪，已經魅惑死了好幾個僧人。

29

棗精

【出處】清代紀昀《閱微草堂筆記》〈卷四．灤陽消夏錄四〉

清代，有個叫汪曉園的人，寄居在一座老宅裡。老宅的院子裡長著一棵棗樹，年頭已經超過一百年了。每到月明之夜，汪曉園就能看到一位紅衣女子垂足坐在樹的斜枝上，抬頭看著月亮，也不害怕人。如果走近了，她就會消失不見；但如果後退幾步，她就還坐在那裡。

汪曉園覺得很奇怪，有一次，他讓兩個人一個站在樹下，一個站在屋子裡。結果，屋子裡的人能看到紅衣女子，站在樹下的人卻什麼也看不見。

棗樹上的那個女子，在月光下是看不到她的影子的。如果向她扔石塊，石塊會穿過她的身體飛過。如果舉起火槍對她射擊，女子會應聲消散，過一會兒，又出現在樹上，毫髮無傷。

汪曉園把這事兒告訴了宅子的主人，主人說：「自從買了這個宅子，就有這個妖怪，但她從來不害人，所以宅子裡的人，也沒什麼事。」

草木成精是常見的事。一般來說，這些妖怪都擅長變化，唯獨這個妖怪坐在樹上，既不做什麼事，也不跟人交談，不知道她為什麼這樣。儘管她不傷害人，但汪曉園認為這畢竟是個妖怪，所以搬走了。

後來，聽說宅子的主人把那棵棗樹砍掉了，紅衣女子就再也沒有出現過。

30

孝鬼草

【出處】清代梁恭辰《北東園筆錄三編》〈卷二．孝鬼草〉

清代，無錫有個人叫姚舜賓，為人忠厚老實，鄉里的人都很尊敬他。姚舜賓雖然家裡很貧窮，但十分孝順母親。他靠教書為生，對母親恭敬對待，從來不給母親臉色看，穿衣、吃飯都悉心照顧。

有一年，發生了大饑荒，書館解散，姚舜賓失去了經濟來源，糧食吃完了，又沒錢給母親買吃的，他憂鬱過度，就病死了。姚舜賓死後，人們沒錢給他買棺材，就隨便用草席裹著，把他埋在屋後的空地上。第二天，姚舜賓的墳頭忽然長出一片草，長得如同山藥，結出很多果實，吃起來十分香甜，如同糯米。他的妻子採摘了，煮熟了吃，發現吃一頓一天都不餓，就趕緊做給婆婆吃。

這種草能長到一丈半那麼高，早晨採了，中午就會再次長出，取之不竭。有了它，即便是大饑荒，姚舜賓的母親也沒有餓死。

母親知道這草是兒子的靈魂所化，撫摸著這些草，號啕大哭。那小草也彎下腰，搖動起來，像是給母親磕頭。周圍的人聽說了，都來觀看，稱讚姚舜賓孝順，即便是死了，也沒有忘記孝順母親。

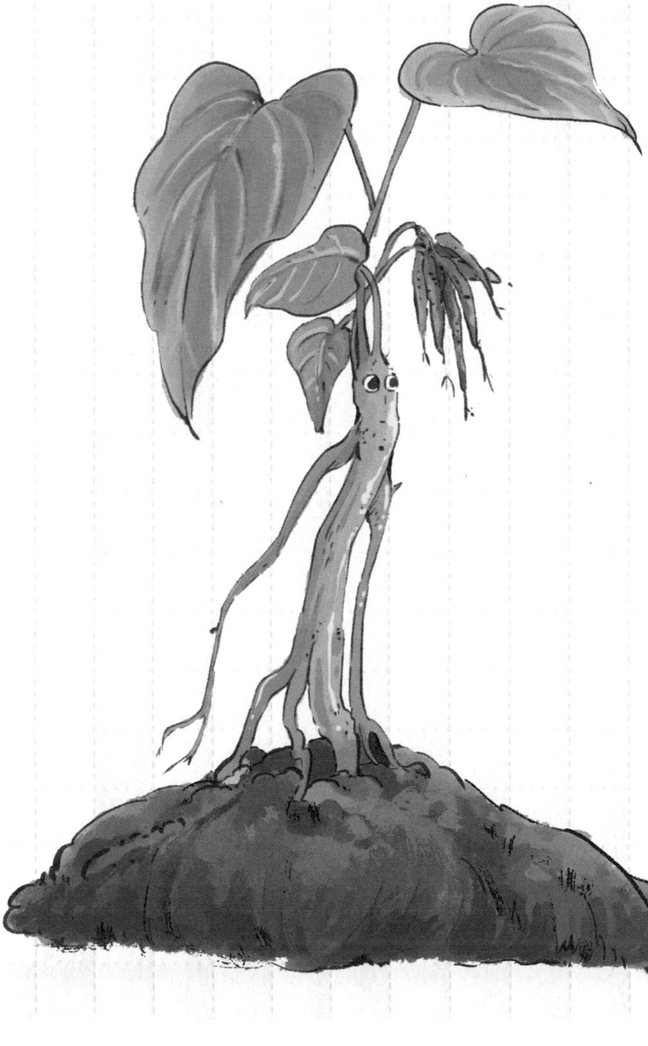

31

楓鬼

【出處】
南北朝任昉《述異記》〈卷下〉
宋代李昉等《太平廣記》〈卷四百零七・草木二・楓鬼〉（引《十道記》）
唐代張鷟《朝野僉載・補輯》

相

傳雲南、貴州和四川一帶，有一種妖怪叫楓鬼，就是成年累月的老楓樹，變成老人的模樣，所以又叫靈楓。

南北朝時，撫州（今江西省撫州市）有座麻姑山，山上生長著很多古樹。其中，有棵活了幾千年的老樹，已經化成人形，眼、鼻、口、臂全有，但是沒有腳。進山的人有時會見到它，如果有人從它身上弄掉一小塊皮，它的傷口就會出血。這個妖怪，就是楓鬼。

唐代，江西的山中，也有不少楓樹變成的妖怪，長得像人，高半丈多。打雷下雨的晚上，它就長得和樹一般高，如果不小心被人看到了，它們就立刻縮回去。曾經有人把竹笠扣到它的頭上，第二天去看，竹笠居然掛到樹梢上去了。這種楓樹變成的妖怪，很靈驗。當地如果發生了大旱，人們想求雨，就用竹針扎它的頭，然後舉行儀式，天空往往很快就會陰雲密布，下起雨來。

32

穀精

【出處】清代樂鈞《耳食錄》〈卷二．西村顏常〉

清代，有個人很窮，二十多歲了也沒有正當的職業，落魄不堪。一天，一個穿著青衣服的人拉著一個穿著白衣服的人來到他家，對他說：「我們被人關押，幸而逃脫，出來投奔你。過幾天，黃哥也會來。」說完，青衣人和白衣人逕直走進了這人的房間。這人很驚詫，進屋，沒看到那兩個人，卻見到地上有東西堆積，看了看，原來是青色的銅錢和白銀，這才知道那兩個人是銅錢和白銀變的妖怪。幾天後，又有個穿黃衣服的人來到他家後也消失了。這人隨後在家裡發現了幾百兩黃金。

這人心想，既然金銀不請自來，定然樂於被自己花費，所以娶妻納妾，建造房舍，購買田地，揮金如土，家裡奴僕眾多，賓朋滿座，出門則是高馬華車，聲勢煊赫，自此富甲鄉里，盡人皆知。他的兒子更敗家，有

時候將金子錘成金箔，用十幾個大旗子捲上，等待起了大風，讓僕人揚起旗子，金箔隨風飄蕩，滿天金光，燦爛無比。類似這樣的事，數不勝數。

有一天，這人出去遊玩，看到道路旁邊有堆屎，裡面有幾粒稻穀。他忽然有些不忍心，說：「農民辛苦耕田，好不容易才種出了稻穀，有了它，人們才不會餓死。怎麼能丟在這樣的污穢之中呢？」他就讓奴僕把穀粒撿起來，用水洗乾淨收好。

回到家，兒子對他說：「爸爸，今天中午的時候，我看到很多穿著青衣服、白衣服、黃衣服的人，成隊從屋子裡出來，而且對我說：『你們家驅趕我，我去西村的顏常家裡了。』然後陸陸續續離開了咱們家。我查看一番，發現家裡的金銀財寶也全都不見了。又看到無數的黃色蚊子從倉庫裡飛出來，遮天蔽日，往西邊去了，倉庫裡面空空如也，一粒稻穀都沒剩。」父子倆捶胸頓足，懊惱歎息。

過了幾年，或許是因為奢侈慣了，不能勤儉生活，這人將家裡田產賣盡，又變成了窮光蛋。

後來，這人做了一個夢，夢見有個妖怪對他說：「我是穀神，感謝你曾經把我從污穢裡面救出來，現在我看到你這麼窮，實在過意不去，特來幫助你。」

第二天，有無數的黃色蚊子飛到這人家裡，全部化成了稻穀。而且蹊蹺的是，只要吃完了，稻穀就又會出現。因為穀精的幫助，父子倆才沒有餓死。

33

桂男

【出處】唐代張讀《宣室志．補遺》

唐代，交城縣（今山西省交城縣）縣城南邊十幾里地，夜間常常有妖怪在人前出現，碰到的人很多被活活嚇死了。因為這件事，周圍的人很憂慮。

後來，有個人帶著弓箭走夜路，碰到這個妖怪，它長得又高又大，穿紅衣服，用黑頭巾蒙著頭，慢慢走來，跌跌撞撞像是喝醉了。

這人十分害怕，就拉滿弓，一箭射中那個妖怪，對方就消失了。這人才鬆了一口氣，來到旅舍，把這件事告訴了別人。

第二天，縣城城西有人說，那裡的一棵丹桂樹上，插著一支箭。這人就跑去看，發現果然是昨天晚上自己射妖怪的那支箭。他把箭拔下來，發現箭頭上沾了不少血。

這件事情被縣令知道了，認為那個妖怪是丹桂樹變的，就命人燒了樹。自此之後，縣城周圍就再也沒有發生過怪事。

34

楠木大王

【出處】明代錢希言《獪園》〈十二・楠木神〉
清代許纘曾《東還紀程》
清代《湖廣通志》〈卷一百一十九・楠木大王〉

楠

楠木，又叫楠樹、楨楠，是一種很珍貴的樹木，可以長到十丈高，因為木質堅硬、不容易腐爛，所以經常用來建造宮殿、船隻，也是製作棺材的原料。傳說，沉到江河裡的楠木樹因為吸取了日月精華，有時候會成為妖怪。

明代，襄陽（今湖北省襄陽市）的襄河裡就有楠木變成的妖怪，經常撞翻船隻，所以過往的船工都會祭祀它。相傳是當年河中一個大木筏被風吹散，丟了一棵楠木。這楠木泡在水裡，日積月累，就成了妖怪。當地人待之如神，還專門建了一座廟供奉它，叫它「南君」。

清代，有個叫盧浚的人，坐著船在江上遊覽，忽然起了狂風。船工們非常害怕，趕緊跪下來磕頭，大聲說：「楠木大王！請你不要傷害我們。」盧浚不知怎麼回事，就問船工。船工說，楠木大王是這江裡的妖怪，惹惱了它，它會把船撞沉。盧浚聽了之後，很生氣，就寫了一封信，投入水中，請求河神制服這個妖怪。也許是河神收到了盧浚的信，三天後，一根巨大的楠木浮出水面，看來就是那個楠木大王的原形了。盧浚讓人把木頭撈上來，正好當地修建學校缺少木材，就把那根大楠木做成了柱子。

35

櫻桃鬼

【出處】清代袁枚《子不語》〈卷六．櫻桃鬼〉

清代時，熊本和莊令輿兩個人在北京當官，他們是鄰居，常常在一起喝酒，感情很好。

有一天晚上，兩個人又聚在莊令輿家飲酒，正喝著呢，莊令輿被人叫去辦事，屋裡只剩下了熊本一個人。

熊本倒了杯酒，準備等莊令輿回來，還沒喝，杯子裡面的酒就不見了。他覺得奇怪，又倒了一杯，看見一隻藍色的大手從桌子下面伸出來取走了酒杯。

熊本站起來，發現桌子底下竟然是個全身上下，從頭髮、眼睛到臉孔無一不是藍色的妖怪。熊本大聲呼叫，家裡的兩個僕人跑過來，點亮蠟燭尋找，卻發現妖怪不見了。

不久之後，莊令輿回來，聽了這件事，笑道：「你今天晚上敢睡在這裡嗎？」熊本年輕氣盛，就讓僕人取來被子和枕頭，放在榻上，自己一個人拿著一把劍坐在黑暗中等待。

這把劍殺人無數，煞氣十足。當時，秋風怒號，斜月冷照。半夜，桌子上忽然掉下來一個酒杯，接著又掉了一個。熊本笑道：「偷酒的傢伙來了。」過了一會兒，一條腿從東邊的窗戶伸了進來，接著是一隻眼睛、一隻耳朵、一隻手、半個鼻子、半張嘴，另外的一半從西邊的窗戶進來，就像是一個人被鋸成兩半那樣，都是藍色的。很快，妖怪的身體合而為一，溜了進來，它雙目圓睜，盯著帳子，散發出冰冷的氣息，帳子忽然自動開啟。熊本瞅準時機，拔劍就砍，砍中對方的胳膊，就如同砍在了爛棉花上一樣，一點兒聲響都沒有。妖怪跳出窗戶逃跑，熊本一直追到院子裡的櫻桃樹下，它才消失不見。

第二天，莊令輿前來，看到窗戶上有血跡，趕緊問熊本。熊本如實相告。莊令輿覺得那個妖怪肯定是櫻桃樹變的，就讓人砍掉了樹，一把火燒了。據說，焚燒的時候，那棵樹還散發著酒氣。

36

怒特

【出處】南北朝任昉《述異記》
晉代干寶《搜神記》〈卷十八・秦公鬥樹神〉

相傳，年歲超過千年的樹木，會變成妖怪，外貌長得如同青色的牛，名叫怒特。

春秋時期，武都（今甘肅省東南部）的故道（縣名，秦朝時設立，縣治故城在今陝西省鳳縣雙石鋪鄉）旁邊有個祠堂，供奉的就是怒特。武都當時是秦國的領地，有一年，秦文公派手下的士兵砍伐祠堂邊上的梓樹，沒想到剛砍了幾下，忽然颳起狂風，下起了大雨，那棵樹的傷口就自動癒合了，似乎有什麼在阻止他們。士兵們只好停下來，撤回營地。

有個士兵腳受傷了，走不了路，就留在樹下休息，結果聽到有個鬼對梓樹說：「你剛才使用了法術，趕走了砍樹的士兵，但是有種辦法能破解你的法術。」

這個士兵頓時來了精神，屏聲靜氣地聽下去。那個鬼接著說：「如果對方派出三百個士兵，全都披頭散髮，穿著帶花紋的衣服，用紅線纏繞你，然後再砍，你就沒辦法了。」那棵樹聽了，一聲不吭，顯然被說中了。

這個士兵趕緊跑回營地，將事情告訴了秦文公，大家按照那鬼的辦法去做，果然順利地伐倒了樹。樹轟隆倒地的時候，有青牛從樹裡跳出來，鑽進了旁邊的大河裡。這青牛就是怒特。

37

童子寺蒲桃

【出處】唐代張讀《宣室志》〈卷五・鄧珪〉

唐代，晉陽（今山西省太原市）城西邊的荒野，有一座童子寺。有個叫鄧珪的人寄居在寺中。

這年秋天，鄧珪與幾位好朋友聚會，大家正談笑風生，忽然有一隻手從窗戶伸進來。那手顏色通黃，而且瘦骨嶙峋，大夥見了，都嚇得發抖。唯獨鄧珪不怕，問道：「你是誰？」對方回答說：「我隱居在山谷有不少年頭了，今晚四處閒逛，聽說諸位先生在這裡，特意來拜見，沒想到高朋滿座，熱鬧得很。我不想打擾你們，想坐在窗戶外面，聽你們說說話，就很滿足了。這樣，行嗎？」鄧珪聽後同意了。

鄧珪和朋友們說說笑笑，那東西坐在窗外，有時候也跟大家說幾句，就這樣過了很長時間，它就告辭了。走之前，它說：「明晚我再來，希望你們不要嫌棄我。」

它走後，鄧珪對大夥說：「這傢伙一定是個妖怪，得想辦法把它抓住，不然後患無窮。」於是，鄧珪準備了一根很長的繩子，等候它再來。

第二天晚上，那個妖怪果然來了，又把手從窗戶伸進來。鄧珪瞅準時機，迅速用繩子牢牢繫在它的手臂上。那個妖怪很吃驚，叫道：「我又沒做錯事，為什麼要綁住我？」說完，它用力掙脫，帶著繩子跑掉了。

等到了天明，鄧珪和朋友們一起順著繩子追尋妖怪的蹤跡，一直找到寺院北邊，發現那裡長著一棵葡萄樹，枝葉特別繁茂，繩子就繫在樹的枝幹上，葉子長得很像人手。「原來是個葡萄樹變成的妖怪呀。」鄧珪恍然大悟，讓人把它連根挖出，燒掉了。從此，再也沒有怪異的事情發生。

38

蓬蔓

【出處】唐代張讀《宣室志》〈卷五．劉皂〉

唐代，靈石縣（今山西省靈石縣）縣城的南邊，夜裡經常鬧妖怪，所以當地沒人敢晚上路過那裡。

一次，有個叫劉皂的人辭官回老家，經過靈石縣，晚上就到了這個鬧妖怪的地方。劉皂看到路旁站著一個怪物，長得十分嚇人。不光劉皂嚇壞了，連他騎的馬也驚叫連連，將他甩了下來。劉皂掉在地上，摔得暈頭轉向，好不容易爬起來，就見那個怪物晃晃悠悠地走過來，脫下了劉皂穿的青色袍子，披在了它自己的身上。

劉皂以為對方是強盜，不敢和它搶，就丟下衣服逃走了。向西走了十幾里路，到了旅舍，劉皂把這件事情告訴了一同住宿的人。住宿的人說：「那地方向來鬧妖怪，你碰到的可不是什麼強盜。」

第二天，有人進城，說碰到了奇怪的事情：「城南那邊，野地裡有個蓬蔓，長得像人形，身上穿著件青色的袍子，太奇怪了！」劉皂聽了，趕緊去看，發現正是自己被搶去的袍子。

當地人這才明白，一直鬧騰的那個妖怪竟然是蓬蔓精。大家把蓬蔓燒了，以後就再也沒出現過蹊蹺的事。

39

水木之精

【出處】清代袁枚《子不語》〈卷九．木箍頸〉

清代，東北關外，有個獵戶在荒野之中看到一個妖怪，近半丈高，戴著頭巾，長著白鬍子，站在馬前雙手作揖。

獵戶問它想幹什麼，妖怪搖頭不說話，然後張開嘴向馬吹氣，馬立刻驚慌失措，連路都沒法走了。然後，那個妖怪鼓著嘴，向獵戶的脖子吹氣，獵戶就覺得自己的脖子奇癢難耐，忍不住伸手去抓，結果脖子越來越長，最後變得如同蛇的脖子那樣。

有人說，獵戶碰到的這個妖怪，就是水木之精。

40

朽木

【出處】宋代李昉等《太平廣記》〈卷四百一十五．草木十．魏佛陀〉（引《五行記》）

南北朝時期，蔡州（今河南省駐馬店市）城裡有座空宅，傳說是凶宅，裡面有妖怪，凡是住進去的人，都會有危險。

有一次，一個叫魏佛陀的軍人率領十名兵士進入宅子裡，在前面的堂屋住下。日落的時候，屋裡出現一個妖怪，長著人的臉、狗的身體，沒有尾巴，在屋裡跳來跳去。魏佛陀拉開弓，對著那個妖怪射了一箭。妖怪慘叫一聲，消失不見了。

第二天，魏佛陀在妖怪消失的地方往下挖掘，結果挖到一塊被箭射中的朽爛木頭。木頭有幾寸長，下端有凝結的血跡。

從此以後，凶宅就再也沒有發生什麼詭異的事情了。

41

皂莢樹

【出處】南北朝劉義慶《幽明錄》〈卷三．皂樹鳥〉

曲阿（今江蘇省丹陽市）有個人叫虞晚，家裡的庭院中長著一棵皂莢樹，高一二十丈，枝葉繁茂，投下來的陰翳能遮蓋數戶人家，有很多鳥棲息在上面。

虞晚覺得這棵樹長得太大，遮蓋了自己的房子，就讓家裡的奴僕上樹砍掉一些樹枝，結果奴僕上去不久，便從樹上掉下來摔死了。與此同時，空中有人大罵：「虞晚你這混帳東西，為什麼讓人砍我家！」說完，對方扔下來無數的瓦片和石塊，如此整整過了兩年才消停。

後來，虞晚犯罪被殺，這棵樹也枯死了。

42

松精

【出處】唐代馮贄《雲仙雜記》〈卷四．《松精成使者》〉（引《金陵記》）
清代紀昀《閱微草堂筆記》〈卷十七．姑妄聽之三〉

唐代，茅山（位於今江蘇省常州市，是中國著名的道教名山）有個當地人看到一個打扮很奇異的人，牽著一隻白羊，在路上走。當地人就問他住在什麼地方，他說：「我呀，住在傘蓋山。」

當地人挺好奇，就悄悄跟著他，發現這人到了一棵古松下消失了。那棵松樹的形狀果然如同一把傘，樹身上長著白色的茯苓。當地人這才明白，那人其實是個松樹精，牽的羊就是樹上的白茯苓。

關於松樹精，還有一個故事。

清代，黑水城（今內蒙古自治區額濟納旗）是塞外的一座大城，裡面駐紮著軍隊。

有個軍官叫劉德，帶著一個叫李印的手下出城，走在山中，看到一棵老松樹長在懸崖邊，樹上釘著一支箭，不知道是何緣由。

晚上，在驛站住下後，李印跟劉德說了一件事：當年他從這個地方經過時，遠遠看到一匹馬飛馳而來，馬是野馬，上面坐著的東西，似人非人，長相怪異。李印知道對方是妖怪，就拉開弓，射了一箭。羽箭射中那個妖怪，發出嘭的一聲響，跟敲鐘一樣，那妖怪便化為一團黑煙消失了。這次在懸崖邊的松樹上看到的那支箭，正是之前自己射出的，所以李印認為，當年看到的那個怪物，肯定就是松樹精。

器物篇。

萬物皆有靈，有其精魄，一盞燈、一塊玉，
甚至是一本書，都有它們的精彩神氣。

43

柏枕

【出處】南北朝劉義慶《幽明錄》〈卷一．柏枕幻夢〉

從前，焦湖（今安徽省巢湖市）有座廟，廟裡管理香火的廟祝，有個用柏木做成的枕頭。這個枕頭已經用了三十多年了，十分神奇。

有個叫湯林的人，經商時路過焦湖廟，進來祈禱。廟祝問湯林：「你成親了嗎？」湯林說沒有。廟祝說：「那你靠在枕頭上，我讓你體驗體驗人生的樂趣。」

湯林覺得挺好玩，就按照廟祝說的去做。枕頭後面有個小洞，湯林恍恍惚惚覺得自己走入洞裡，只見朱門瓊宮，亭臺樓閣，十分富貴。有個姓趙的大官，招湯林做了女婿。湯林和妻子生了六個孩子，四男二女，然後湯林又做了官，平步青雲。

枕頭裡的世界真是太美好了。不過好景不長，湯林不久之後犯了罪，被趕出來。這時，湯林才發現在枕頭裡那麼多年，外面不過一瞬間而已。

44

車輻

【出處】唐代戴孚《廣異記》〈蔣惟嶽〉
唐代段成式《酉陽雜俎・續集》〈卷二・支諾皋中〉

在古代，馬車、牛車是重要的交通工具，車輪一般用木頭做成，輪子上連接車軸和外圈的車條，古人稱之為車輻。傳說，使用了很久的車子，有時候它的車輻會變成妖怪。

唐代，有個人叫蔣惟嶽，不怕鬼神。一次，他獨自躺在窗下，聽到外面有說話的聲音，聽起來不像是人。蔣惟嶽說：「外面的傢伙，如果你有什麼冤屈，可以進來告訴我。如果沒事，別打擾我休息！」話音未落，大門啪嗒一聲響，從外面進來了七個妖怪。這幾個妖怪，本來想爬到床上，見蔣惟嶽毫不畏懼，就站在牆下，直勾勾地看著蔣惟嶽。

蔣惟嶽問它們要幹什麼，它們一句話不說，惹得蔣惟嶽很惱火，拿起枕頭打它們。七個妖怪抱頭鼠竄，逃到外面的庭院裡就不見了。蔣惟嶽在它們消失的地方挖掘，挖到了七根破車條，看來就是之前的那七個妖怪。自此之後，蔣惟嶽家裡再也沒有發生過怪事。

也是在唐代，華陰縣（今陝西省華陰縣）東部，有個小村莊叫七級趙村，村裡的道路因為雨水沖刷形成深溝，大家就在上面架了一座橋方便行人來往。

有一天晚上，村裡的村長過橋去縣裡辦事，看見一群小孩在橋下聚在火堆旁邊玩遊戲。這群孩子不是村裡的孩子，村長知道它們是妖怪，便拉開弓箭射它們，只聽見嘭地一聲響，就像射中木頭發出的聲音。橋下的火頓時熄滅，只聽見一個聲音尖聲尖氣地說：「哎呀，射著我阿連的頭了！」

村長從縣裡辦完事回來，來到橋下，看到六七片破車條，有一片的頂端還釘著他射出去的那支箭。那群玩遊戲的孩子果真是車條變成的妖怪。

45

匾怪

【出處】清代袁枚《子不語》〈卷二十四．匾怪〉

清代時，杭州有個孫秀才，一個夏天的晚上他在書齋裡讀書，忽然覺得額頭上有東西在蠕動，用手掃了一下，發現有無數白色的鬍鬚從梁上的匾額上垂下來，匾上還有張人臉，有七八個水缸那麼大，有鼻子有眼，看著秀才笑。

孫秀才向來膽子很大，就用手去捋那鬍鬚，鬍鬚越捋越短，最後消失不見了，只有那張大臉還在匾上。孫秀才搬來凳子，踩上去湊近看，卻發現什麼也沒有。可是，從凳子上下來繼續看書，那妖怪的鬍鬚又像之前那樣垂了下來。連續幾天，都是如此。

有一晚，那張大臉忽然下來，到了書桌旁，用鬍鬚遮住了秀才的眼，不讓他看書。秀才用硯臺砸它，發出梆的一聲響，如同敲木魚一般，然

後妖怪就跑了。又過了幾天，秀才正要睡覺，那張大臉來到枕頭旁邊，用鬍鬚撓秀才的身體。秀才用枕頭砸它，它就在地上滾，簌簌有聲，接著爬到匾上就消失了。

家裡人聽了這件事，十分生氣，趕緊摘了匾燒掉，怪事再也沒有發生。過了不久，孫秀才考取了功名。看來，這是個能給人帶來好運的妖怪呀。

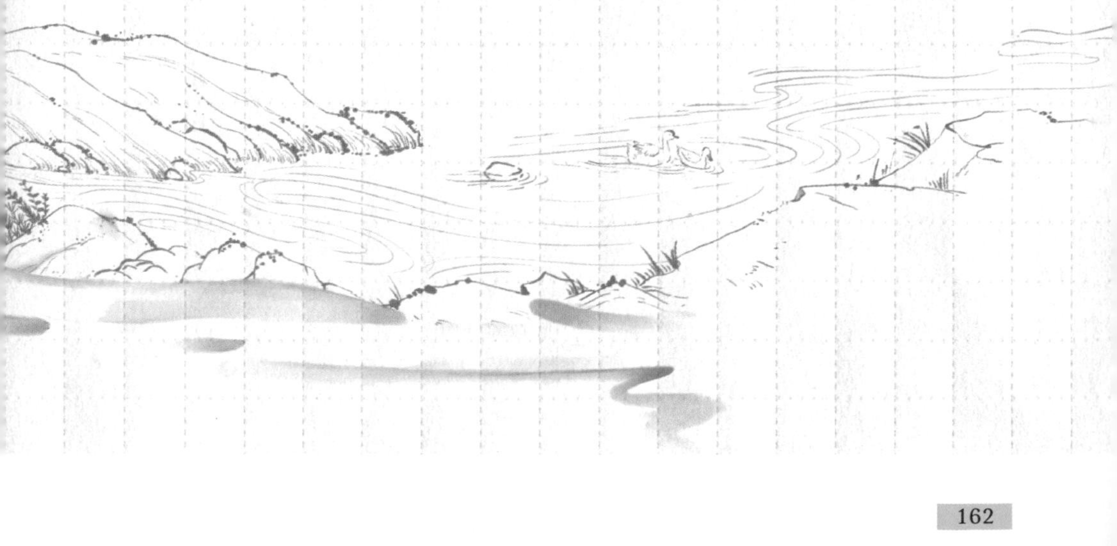

46

磝怪

【出處】清代袁枚《子不語》〈卷十九·磝怪〉

坐磝是古代中國人家中常見的用具，材質一般是石頭或者陶瓷。或許因為沾染了人的氣息，年代久遠的坐磝有時會變成妖怪。

清代，有個人叫高睿功，他家的院子裡鬧妖怪，晚上家人行走時，經常能看到一個兩三丈高的白衣人躡手躡腳跟在後面，還伸出冰冷的手遮蓋人的眼睛。

這個妖怪鬧得太厲害，高睿功沒有辦法，就把院子封閉了，在別的方向重新開了一扇門出入。沒想到妖怪變得肆無忌憚，白天竟然也會現身出來捉弄人，家裡人都很害怕，紛紛躲避。

有一次，高睿功喝醉了，坐在大廳上，看見妖怪上了階梯，靠著柱子，拈著鬍鬚，雙目微閉，看著天空，好像沒有發現高睿功一般。

高睿功偷偷來到它身後，揮拳就打，結果妖怪不見了，自己的拳頭打到柱子上，手指出血。再回頭，看見那個妖怪站在了石階上。高睿功跑過去想繼續廝打，哪料想被地下的苔蘚滑倒，仰面朝天摔倒在地。妖怪看了哈哈大笑，伸出手要打高睿功，但它的腰沒法彎下來，想伸出腳踢高睿功，卻因為腿太長而抬不起來。

趁著這個機會，高睿功站起身，抱住妖怪的腿，用力把它掀翻，妖怪就倒在地上不見了。

高睿功喊來家人，在妖怪消失的地方往下挖，發現了一個白瓷做的舊坐礅，上面還有血，應該是高睿功之前手指上的血染的。把它擊碎之後，高睿功的家裡就再也沒有鬧過妖怪了。

47

浮橋船

【出處】宋代章炳文《搜神秘覽》〈卷下・浮橋船〉

宋澶州（今河南省濮陽縣）附近的黃河上，有一座浮橋。浮橋是由七十多艘船連在一起，用一千多條江藤做的纜繩拴著搭建的。中間的一條船經常會發出叫聲，當地人都稱之為「大將軍」，據說已經有很多年了。

一天，這艘船突然消失不見了，過了十幾天，才從下游逆流而上，跑回來。當地官員打了它二十棍，依然將它拴在原地，自此之後，它變得老老實實，再也不亂跑了。

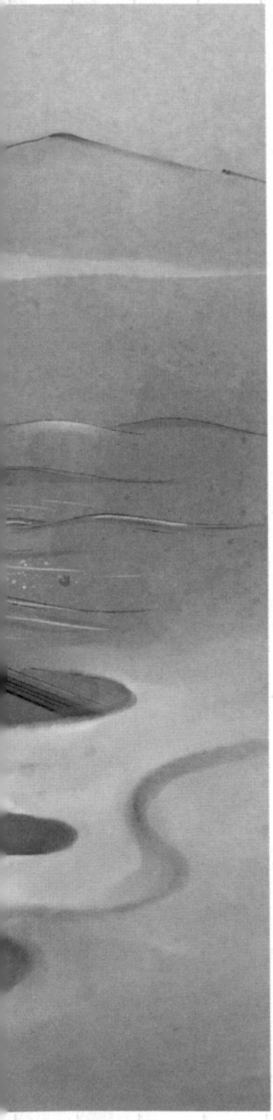

48

棺板

【出處】唐代皇甫枚《三水小牘》〈卷下・李約遇老父求負〉
金代元好問《續夷堅志》〈卷二・棣州學鬼婦〉

唐代，隴西（今甘肅省東南部）有個叫李夷遇的人，在邠州（今陝西省彬縣）當官。李夷遇有個僕人叫李約，跟著他很多年了。李約為人純樸，跑得很快，所以李夷遇常讓他進京城送信。

有一年七月，李約從京城回來，十分勞累，當時天還沒亮，他躺在一棵古槐樹下，想睡一會兒。就在這時，有一個白髮老頭彎著腰，拄著拐杖，也來到槐樹下歇息，坐下之後還呻吟不止。過了好一會兒，他對李約說：「老漢我想到咸陽去，但是腿腳不好，不能長時間走路，你能不能好心揹揹我？」

李約發現這個老頭很奇怪，不像人，覺得是妖怪，所以堅決不答應，但是經不住老頭不停哀求，最後實在沒辦法，就說：「行，你上來吧。」

老頭很高興，跳到了李約背上。李約偷偷把帶在身邊的木棒拿了出來，從後邊把他扣住，往前走。等到了城門，東方天空已經放亮了，老頭幾次要求李約把他放下來，李約對他說：「你之前非要騎在我背上，如今又要跑下去，這是為什麼呢？」儘管老頭苦苦哀求，但李約死命不放。太陽出來的時候，李約忽然覺得背上變輕了，好像有東西掉到地上，回頭一看，竟然是一塊爛棺材板子。

宋代，有個人叫王仲澤，年少時去棣州（今山東省濱州市）求學，住在學校裡。學校的廚師告訴他：「我們這裡有一個女人模樣的妖怪，每天晚上來攪擾我們，害我們睡覺都睡不安穩。」王仲澤說：「今晚它如果再來，你就抓住它的衣服大聲呼喊，我來幫忙。」

晚上，那妖怪果然來了。廚師抓住它不放，王仲澤和一幫學生跑去看，發現是一塊年代久遠的棺材板。大家燒了它，以後學校裡就再也沒鬧過什麼妖怪。

49

行釜

【出處】宋代李昉等《太平廣記》〈卷三百六十五．妖怪七．鄭絪〉（引《靈怪集》）

唐代時，鄭絪和弟弟鄭緼都在朝廷裡做大官，住在京城。有一天，快到吃飯時間，鄭絪家廚房裡的大鍋忽然像被什麼東西舉著，高高升起。旁邊還有十幾個正在煮東西的小平底鍋，也開始慢慢晃動。很快，廚房裡所有的鍋都動了起來，每三個小鍋架著一個大鍋，排著隊，浩浩蕩蕩地離開廚房往外走。不僅如此，連廚房裡之前原本破損折斷腳、廢棄不用的鍋，也都一個個一瘸一拐地跟上去，場面十分滑稽。

這些鍋出了廚房，向東走過水渠，水渠旁邊有個堤壩。很多鍋都能過去，但是那些斷腳的鍋就被阻擋了下來，叮叮咣咣地亂蹦。

這樣的事情引來很多人看熱鬧。有個小孩說：「既然這些鍋有本事成為妖怪，為什麼斷了腳的鍋連堤壩都過不去？」那些小平底鍋聽了，就把大鍋丟在地上，轉過身，退回來，架起那些斷腳的鍋，一起越過了堤壩。

後來，所有的鍋來到了鄭緼家的院子裡，按照大小排隊站好。這時，天空中突然轟隆作響，閃電劈下，所有的鍋都變成了土塊、煤塊。

這件事發生之後不久，鄭絪和弟弟鄭緼都死了。

50

樂橋銅鈴

【出處】宋代洪邁《夷堅志．夷堅丙志》〈卷十．樂橋妖〉

宋代時，平江（今江蘇省蘇州市）樂橋有戶人家，家裡的女兒已經出嫁了，可是每天晚上都被妖怪所擾。母親很擔心，晚上就和女兒睡在一起，想看看到底是怎麼回事。

一天，日暮時分，母親看見有個妖怪從地底下蹦出來，頭上紮著雙髻，穿著紅色的衣服，發出很大的聲音，連續好幾個晚上都是這樣。

母親把這件事告訴了女婿，女婿拿來工具在妖怪出現的地方往下挖，挖出了一個用紅布帶子繫著的銅鈴。這才想起多年前，官府禁止尋常百姓家裡有銅，所以把這銅鈴埋在地下。時間長了，家裡人都忘記了這回事。

他們把這個銅鈴打碎了，家裡就再也沒有發生奇怪的事情。

51

酒榼

【出處】宋代李昉等《太平廣記》〈卷七十二．道術二．葉靜能〉（引《河東記》）

唐代，汝陽王這個人特別喜歡喝酒，而且酒量很大，喝一整天也不醉。凡是到王府來的客人，他都會熱情地邀請對方喝酒，從早喝到晚。

當時有個道士叫葉靜能，常常到王府拜訪，汝陽王逼他喝酒，他不喝，說：「我有一個門徒，雖說是個侏儒，但酒量極大，可以陪大王你一塊兒喝，明天我讓他來拜見你。」

第二天早晨，果然有個叫常持蒲的道士前來，汝陽王一看這道士，身高才二十寸高。兩個人坐下來聊天，常持蒲很有學問，三皇五帝、歷代興亡、天時人事、經史子集，清清楚楚，瞭如指掌，汝陽王張口結舌不能應對。

常持蒲見王爺接不上話，趕緊更換話題，談論一些淺顯的幽默戲耍

酒
酒

的故事，汝陽王就高興起來了。兩個人聊得很開心，汝陽王對常持蒲說：「小道士，你能喝酒嗎？」常持蒲說：「我聽大王您的吩咐。」汝陽王就令左右的人搬來酒罈子。喝了一會兒，常持蒲說：「大王，用這麼小的罈子喝，不帶勁，請您讓人把酒倒在大缸裡，我們自己舀著喝，想喝多少就喝多少，那樣才高興！」汝陽王便按照他說的那樣，命人搬出幾石醇厚的美酒，倒進大缸裡，用大杯子舀酒喝。

即便汝陽王酒量很好，可這麼喝酒，很快就醉醺醺的了，而常持蒲卻像沒事人一樣。又喝了很久，常持蒲忽然對汝陽王說：「大王，我只能喝這一杯了，否則要醉了。」汝陽王不相信，說：「我看你根本還沒有喝足，請你再喝幾杯。」常持蒲說：「大王，我真的到極限了，請您別勉強我啦。」汝陽王一個勁兒讓他喝，常持蒲沒辦法，只得硬著頭皮喝了一杯，然後躺倒在地，變成了一個大酒桶，先前喝的那些酒，還在裡面呢，滿滿的五斗酒。

52

畫馬

【出處】清代蒲松齡《聊齋志異》〈卷八．畫馬〉

清代，山東臨清有個姓崔的書生，很貧窮，連家裡的院牆破敗不堪都沒錢修理。每天早晨起來，崔生總能看見一匹馬躺在門前的草地上，黑皮毛，白花紋，模樣看上去很雄俊，只是尾巴上的毛長短不齊，像被火燒斷的一樣。崔生把它趕走，它夜裡又會出現，沒人知道這匹馬是從哪裡來的。

崔生有一位好朋友在山西做官，崔生想去投奔他，苦於家裡離山西太遠了，又沒有馬可以騎著去。思來想去，崔生把經常出現在家門口的這匹馬捉來，拴上韁繩，騎著去找好朋友。臨行前，崔生囑咐家人說：「如果有找馬的，就說我騎著去山西了。」

上路後，崔生發現這匹馬真是一匹千里馬，跑得很快。晚上，馬不怎麼吃草料，崔生以為它病了，第二天就拉緊馬嚼子，不讓它快跑，怕累著它。可是那馬卻不樂意，揚蹄嘶鳴，如昨日一樣生龍活虎，健壯異常，崔生只能讓它跑，結果這匹馬四蹄如飛，中午時就到了山西。

崔生騎著馬到集市上，看到的人都說這匹馬實在是太好了。城裡的王爺聽到消息，想出高價買這匹馬。崔生怕丟馬的人來找，不敢賣。住了半年，家裡也沒傳過來有人找馬的消息，崔生就以八百兩銀子的價格將馬賣給了王爺，自己又從集市上買了一匹健壯的騾子，騎著回家。

後來，有一次王爺派遣手下騎著這匹馬到臨清來辦事，剛到臨清，這匹馬就跑了。王爺的手下追到崔生的鄰居家，進了門，卻不見馬，便向崔生的鄰居索要。崔生的鄰居姓曾，對王爺的手下說：「我家裡根本就沒有馬呀！」王爺的手下不相信，走到曾某的房間，看見牆壁上掛著趙孟頫的一幅畫，畫上的馬不管是神態還是毛色，簡直和那匹馬一模一樣，而且畫上的馬尾巴上的毛也被燒掉一點兒。這下，王爺的手下才明白，那馬原來是畫上的馬成精了。

丟了馬，王爺的手下害怕回去交不了差，就狀告了曾某，讓他賠償。這時，崔生聽說了，趕緊找過來。他用當初賣馬的錢做生意，現在成了富翁，他替曾某賠了王爺一大筆錢。

鄰居曾某很感謝崔生，卻不知道崔生就是當年賣馬的人。

53

泥孩

【出處】清代紀昀《閱微草堂筆記》〈卷五．灤陽消夏錄五〉
清代袁枚《子不語》〈卷十．凱明府〉

紀曉嵐是清代著名的文學家、政治家，他特別喜歡記錄奇談怪論，泥孩這個妖怪，他曾親眼看到過。

據紀曉嵐記載，他兩三歲的時候，能看到四五個小孩子，穿著鮮豔的衣服，戴著金鐲子，和他玩耍，並且叫他弟弟，對他十分疼愛。可是，紀曉嵐長大了之後，就再也沒有看到過他們。

後來，紀曉嵐把這件事告訴了父親。父親沉思良久，有些失落地說：「你的前母生前因為沒有孩子，感到特別可惜，曾叫尼姑用彩絲線拴了神廟裡的泥孩來，放在臥室裡。她給每個泥孩都起了小名，每天都供上水果之類的東西給它們，如同養育自己的孩子般。她去世後，我叫人把這些泥孩都埋在樓後的空院裡，肯定是它們作怪。」紀曉嵐的父親擔心這些泥孩會鬧事，打算把它們挖出來，卻因年頭長了，已記不起埋在什麼地方了。

古代人認為用泥、瓷器等製作的玩偶或者人像，年月久了，會變成妖怪。關於泥孩這種妖怪，清代的文學家袁枚也有記載。

袁枚有個長輩，被稱為凱公，是全椒縣（安徽省滁州市全椒縣）的縣令。凱公擅長詩文，風流倜儻，和袁枚關係很好，但是後來背上長了毒瘡，死掉了。

據說，當年凱公的母親懷孕即將生下他時，凱公的祖父在當天晚上看到有個巨人，比屋脊都高，站在院子裡。凱公的祖父就大聲喝斥它，每喝斥一聲，那巨人就會縮小一些。凱公的祖父拔出劍追逐它，怪物就跑到樹下消失了。

凱公的祖父找來火把照了一下，發現那怪物變成了一個泥孩，大概十多寸高，臉又大又扁，右肩微聳，左手缺少一根小指。凱公的祖父覺得很奇怪，就把泥孩拾起來放在桌子上。後來，凱公出生時，左手缺了小指，而且面貌長得和那個泥孩很像。

出了這件事，全家都很驚慌，就把那個泥孩送到供奉祖先的廟中，一直虔誠地祭拜它。

凱公死後，家裡人把他的靈位送入廟裡，看到那個泥孩因為屋簷漏雨，背部被雨水滴穿了三個洞，倒在了供案下。令人驚奇的是，凱公死的時候，他的那三個毒瘡也在背上爛成了三個洞，而且位置和泥孩身上的洞一模一樣。家人十分後悔沒有好好照看那個泥孩，他們認為，如果細心照看，泥孩就不會被雨水滴穿三個洞，凱公也就不會死了。

54

錢蛇

【出處】明代陸粲《庚巳編》〈卷四．錢蛇〉

明代，酆都（今重慶市豐都縣）有個村子，經常有一條大蛇為非作歹，當地人都不知道它從哪裡來的。

這條蛇身長數丈，經常吃掉許多人家的雞鴨，偷取人家的食物，但是從不傷人。

當地人想把它殺掉，卻找不到它的蹤跡。

村裡面有座寺廟，寺廟裡有塊空地，有個人把它租了下來，在上面種植林木。一天早晨，這人正在鋤草，看見那條巨蛇爬了過來，正要舉起鋤頭去砍，卻發現它鑽進洞裡，結果只砍斷了蛇尾。

砍尾巴的時候，鋤頭發出噹噹的響聲，如同砍到了銅鐵一般。這人走上前去查看，發現有很多銅錢散落在洞口。

他就懷疑蛇是銅錢所化，於是叫來妻子和弟弟一起用力向下挖掘，挖了好幾丈深，看到一個大缸，裝滿了銅錢，約莫有幾十萬枚。這人把銅錢挑回家，就成了富翁。

至於那條蛇，從此之後再也沒有出現過。

55

漆桶

【出處】唐代張讀《宣室志．補遺》〈河東街吏〉

唐代，河東郡（今山西省運城市一帶）有一個官吏，常常半夜巡察街道。一天夜裡，天清月朗，他來到一座寺廟前，看到有個全身黑漆漆的人，俯身低頭坐在那裡，兩手交叉抱住膝蓋，一動不動。

官吏害怕，就喝斥了他一聲，那人依然不理不睬。喝斥良久，見那人沒反應，官吏就上前打了他一下，他這才抬起頭。這人的相貌很特別，只有三十三寸高，膚色蒼白，身形瘦削，模樣恐怖。官吏嚇得栽倒在地，等甦醒後，再爬起來看，這人就不見了。

官吏越想越害怕，跑回去，仔仔細細地把這件事情告訴了身邊的人。後來，重建寺廟大門時，人們從地底下挖到一個漆桶，三十多寸深，桶的頂端用白泥封閉，想來，就是官吏見到的那個怪物了。

56

勺童

【出處】唐代段成式《酉陽雜俎・續集》〈卷一・支諾皋上〉

唐代，國子監學生周乙在夜間溫習功課，看見了一個小男孩，他頭髮散亂，不到二十寸高，滿頭髮細碎得像星星一樣的光亮。

這個小男孩睜著兩隻眼睛，隨意擺弄周乙的燈和硯臺，弄得亂七八糟也不停止。周乙向來有膽量，大聲喝斥他，小男孩只是稍微向後退了退，然後又靠到書桌旁邊，繼續擺弄文具。周乙有些生氣，當小孩靠近的時候，突然撲上去一把抓住了他。小孩坐在地上，伸著兩隻腳，連連求饒，一副可憐巴巴的樣子，讓周乙放了他。

周乙沒答應，等天要亮的時候，他聽到好像有什麼東西折斷的聲音。一看，那個小孩變成了一把破木勺，上面還黏了一百多顆米粒。

57

提燈小童

【出處】明代鄭仲夔《耳新》〈卷之七．支說鬼〉

明代，有個姓張的老頭，晚上從田野裡回家，忽然看到有個小童挑著燈前來，對他說：「我特意來接您老人家！」

張老頭很疑惑，伸出手來，扶著小童的胳膊前行，到了有人家的地方之後，燈籠突然熄滅，小童也不見了。

張老頭仔細一看，自己手裡面抓著的竟然是一把破舊的笤帚。

58

書神

【出處】清代沈起鳳《諧鐸》〈卷十一・支書神作祟〉

書神不是神仙，是因為歲月久遠書籍變成的精怪。

清代，南京鈔庫街有個人，家裡世代都是讀書人。因為讀書不能發財，所以他就改行做了商人。

一天晚上，他獨自在店裡睡覺，忽然聽到床頭有歎氣的聲音，這個人喝斥之後，聲音就消失了。一連幾天都是這樣。

又有一天晚上，有個戴著方巾、穿著紅鞋的人，從床後徐徐走出來，愁眉苦臉，一副悶悶不樂的樣子。這人就問他是誰，他說：「我是書神，自從來到你家，你的祖父、你的父親都很喜歡我，本來也想和你做好朋友，卻想不到你竟然不讀書，整日追逐那些蠅頭小利。金錢這東西呀，能讓你意氣不揚，如果不早早擺脫，就會變得銅臭逼人，斯文喪盡，我勸你

還是趕緊放棄經商、一心讀書吧，不然等禍事發生，你就後悔莫及了。」說完就消失了。

這人急忙起來，舉著蠟燭四處照看，只看到有幾卷破書，用錢串捆著放在床頭，已經在家裡很多年了。這人認為是舊書作祟，就把書燒了。不料，火起之後，四處飛舞，將店房燒毀，家裡的東西也幾乎焚燒殆盡。這人也因此變成窮光蛋，沒過多久就饑寒交迫死去。

59

鐵鼎子

【出處】唐代牛僧孺《玄怪錄》〈卷五．韋協律兄〉

唐代，有個姓韋的書生，他的哥哥很膽大，什麼都不怕，聽說哪裡有凶宅，就一定會去並獨自住在那裡。

書生把這事說給朋友聽，有個朋友想試試他的哥哥，聽說有個宅子常有妖怪出現，就把書生的哥哥送到那宅子裡去。

大家給他準備了酒肉，天黑後就全都離開了。

書生的哥哥因為喝了酒，身上很熱，就袒露著身體睡下了。半夜突然醒來，看到一個小男孩，高十多寸，身短腿長，膚色很黑，從池子裡爬出，慢慢地走過來。

來到跟前，小男孩繞著床走。過了一會兒，書生的哥哥覺得他爬上了床。書生的哥哥一動不動，覺得有一雙小腳爬到了自己腳上，像鐵那樣冰，直涼透心。

等到小男孩漸漸地爬到自己肚子上時，書生的哥哥猛地伸手，抓住對方，結果發現，小男孩變成了一個古代的鐵鼎，但是由於年代久遠已經缺了一腳了。

於是，書生的哥哥用衣帶把鐵鼎繫在床腳上。第二天早晨，大家一起過來，他將前一個晚上的事情說了一遍。

有人用鐵杵砸碎了鐵鼎，發現裡面還有血呢。

夜行燈

【出處】唐代莫休符《桂林風土記》〈石氏射樟木燈檠祟〉

唐代，有個叫石從武的將軍，擅長騎射，武藝高超。這一年，他的家人都生了惡病，每到深夜，就能看見一個怪物從外邊進來，身上光亮閃爍。只要怪物出現，病人就呻吟得更加厲害，連醫生都束手無策。

石從武懷疑家人的病是這個妖怪作祟，所以一天晚上，他拿著弓箭，等那怪物來，拉開弓箭，射了過去。怪物被射中後，全身的光芒如同星斗一樣散開。石從武讓人拿來燈燭一照，發現原來是家裡以前使用的一個樟木燈架。

石從武把燈架劈碎燒了，將灰扔到河裡，之後沒多久，家裡人的病都好了。

61

煙龍

【出處】清代袁枚《續子不語》〈卷八・煙龍〉

清代，有個老頭喜歡抽煙，一只煙管從不離手。煙管是竹子做的，長五十多寸，跟隨他已經三十多年了。

有一天，有個道士從門前路過，看到他拿的煙管，說道：「你的煙管長年吸取人的精氣，已經成了煙龍，治療怯症最為有效，以後如果有人找你要，不能輕易就給對方。」

後來，果然有一個商人找上門，說自己的兒子患了怯症。「知道你有老煙管，希望你能賣給我。」商人說。老頭就以七十吊銅錢的價格，截掉五寸煙管，賣給了商人。

商人回到家，將煙管放在水裡熬，然後將水給兒子喝下，兒子肚子裡的瘵蟲全部融化成紫水被拉了出來，病也就好了。

有一天，那個道士又從門前過，老頭把剩下的煙管拿給道士看。道士說：「煙龍被傷了尾巴，不過還能活，你再抽十年，就可以用它煉化丹藥了。」老頭向道士求煉化丹藥的方法，道士笑而不言，走掉了。

那煙管很多人都見過，光潤無比，晚上掛在牆上，所有的毒蟲、蚊蟻都不敢靠近它。

62

玉孩

【出處】清代紀昀《閱微草堂筆記》〈卷十二．槐西雜志二〉

中華民族是世界上為數不多，喜歡並尊崇玉器的民族，古人認為玉有五種品德，不僅是君子的象徵，更具有靈性。所以年歲長遠的玉器，就會成為妖怪。

清代一個村子裡，有個男人的哥哥死了，只剩下守寡的嫂子，家裡很貧窮。他外出辛辛苦苦工作，將自己的工錢全交給嫂子，而且對嫂子十分尊敬、孝順。

有一天晚上，他在家裡幹活，忽然看到窗戶的縫隙裡出現一張人臉，跟銅錢差不多大小，雙目閃閃發光，往屋裡偷看。這個人急忙伸出手，抓住了對方，藉著燈光一看，原來是一個美玉做成的小玉孩，高四寸左右，雕刻得很精美，應該入過土，沁色斑斕。

第二天，男人拿著玉孩到當鋪裡典當，得了四千個銅錢。當鋪把玉孩放在盒子裡，過幾天卻發現不見了，所以一直擔心男人會來贖。按照當鋪的規矩，如果對方在典當期之內前來贖，當鋪卻拿不出來東西，就要加倍賠錢。

後來，這個人聽說這件事，就說：「這個玉孩也是我偶然所得，怎麼能夠以此來要挾當鋪呢？」當鋪老闆十分感激他，經常讓他來幫忙幹活，給他的酬勞也比別人高幾倍，而且經常接濟他，男人開始過起了溫飽的生活。

63

枕精

【出處】唐代薛用弱《集異記．補編》〈劉玄〉

南北朝時，有個叫劉玄的人，在一個晚上看見了一個穿著黑褲子的人來取火。這個人，臉上沒有五官，眼睛、鼻子、嘴巴、耳朵都沒有，十分嚇人。

劉玄很害怕，就請巫師占卜。巫師說：「這是你家長輩的東西，時間久了就變成了妖怪。趁它還沒長出眼睛，要趕緊除掉它。」

劉玄做好了準備，等那個妖怪再來的時候，把它捉住捆綁起來，用刀砍了幾下，結果發現，妖怪竟變成了一只枕頭。那是他祖父用過的枕頭，已經很有年歲了。

鐘精

【出處】
唐代張讀《宣室志．補遺》
五代王仁裕《玉堂閒話》〈卷三．吉州漁者〉
金代元好問《續夷堅志》〈卷三．廣寧寺鐘聲〉
清代紀昀《閱微草堂筆記》〈卷十二．槐西雜志二〉

鐘在古代多用於寺院等宗教場所，除此之外，也做計時之用，有「晨鐘暮鼓」之說。鐘多為銅鐵所造，故能長久流傳，又因其上鑄造的各種紋飾、神獸等，古人認為往往會發生蹊蹺之事。

唐代，清江郡（今湖北省長陽縣一帶）有一個老頭在郡南田間牧牛，忽然聽到一種怪異的聲音從地下發出來，老頭和幾個牧童都嚇得跑開了。回去之後，老頭生病發燒，過了十幾天，病稍微好些，夢見一位男子，穿著青色短衣，對他說：「把我搬遷到開元觀去！」老頭驚醒了，但不知是什麼意思。

過了幾天，他到野外去，又聽到那怪異的聲音。他就把這事報告給郡守，郡守生氣地說：「簡直胡說八道！」讓人把老頭轟了出去。

這天晚上，老頭又夢見那男子，男子告訴他說：「我寄身地下已經好

長時間了，你趕快把我弄出來，不然你就會得病！」

老頭特別害怕，到了天明，和他的兒子一起來到郡南，挖那塊地。挖了幾丈深，挖出一口鐘，上面長滿青色的銅鏽，顏色就像夢見那男子的衣服顏色。於是老頭又去報告郡守，郡守把鐘放在了開元觀。

有一天早晨，沒人敲鐘，鐘自己響了，聲音特別響亮，周圍的人聽了，都異常驚訝。郡守就把這事上奏給了唐玄宗，唐玄宗特意讓宰相李林甫去畫下鐘的樣子，並告示天下。

也是在唐代，吉州（今江西省吉安市）龍興觀有一口巨大的古鐘，大鐘頂上有一個洞，相傳武則天時，鐘聲震動長安，女皇不高興，令人鑿壞了它，留下了這麼一個洞。

一天晚上，大鐘突然丟失了，可第二天早晨又回到原處。但是鐘上所鑄的神獸蒲牢的身上有血跡並掛著莙草。莙草是江南一帶的水草，葉子像薤草，一般在長江裡，隨水深淺而生。

居住在龍興觀前長江邊上的人們，有幾天夜裡都聽到江水風浪的巨大響聲。到了早上，有一個漁人看見江心有一面紅色旗子從上游漂下來，便划著小船去取紅色旗子，看見浪濤洶湧的水中有鱗片閃著金光，打漁的人急忙返航。這才知道是那口古鐘上的神獸蒲牢跑到江裡，咬傷了江龍。

到了宋代，有個寺廟叫廣寧寺，寺裡有口大鐘。一天，和尚撞鐘，卻發現鐘不響，反而在城南橋下面傳出了鐘聲。周圍的行人聽了，都十分害怕，趕緊去告訴和尚。寺裡的和尚們帶著法器前往橋下做了法事，第二天，寺裡的這口大鐘才恢復正常。

時間來到清代，某個地方有座廢棄的寺廟，傳說有怪物，所以沒人敢在那裡待。有一夥販羊的商人，為了躲避風雨夜宿寺中，聽到嗚嗚的聲響，黑暗中看到一個怪物，身體臃腫渾圓，面目模糊，蹣跚而來，走得很遲緩。這群販羊的都是一些毛頭小伙子，也不害怕，一起撿起磚塊向那怪物砸去，聽到當的一聲巨響。

看到那怪物沒有反擊的舉動，這幫人膽子更大了，高喊著一起去追趕它，追到了寺門倒塌的牆前，妖怪竟屹立不動，走近一看，發現是一口破鐘，裡面有很多骸骨，應該是先前它吃掉的人留下的。第二天，商人們把事情告訴了當地人，讓他們把鐘熔化了。自此之後，寺院再也沒有怪事發生。

65

鼓女

【出處】清代樂鈞《耳食錄》〈卷二・紅裳女子〉

清代時，湖南常德這地方，有個帶著一名僕人從雲南回老家的讀書人。這天黃昏，眼見天快黑了，卻找不到旅店，就到一個小村子求人借宿。村裡人說：「我們這裡沒有旅店，只有一座古廟，但是那裡經常有妖怪殺人，不是住宿的地方。」

讀書人也沒辦法，只能說：「我不怕妖怪，能有個地方住，就不錯了。」他向村裡人要了一張桌子、一盞燈，進了古廟的一個房間，將筆墨紙硯放在桌子上，一邊讀書，一邊靜待其變。

過了二更，僕人睡著了，讀書人看到一個紅衣女子，年紀十八九歲，婀娜而來，顧盼生姿，臉上帶笑。讀書人猜測它是妖怪，不搭理它。這紅衣女子就對著讀書人唱歌，歌聲婉轉，含情脈脈。

讀書人取來筆，蘸著朱砂，在女子臉上畫了一道，女子大驚，失聲而走，再也沒有出現。

第二天，讀書人將事情告訴村裡人，大家一起在廟中尋找，發現大殿的角落裡有一只破鼓，上面畫有朱砂。打破那只鼓，發現裡面有很多鮮血，還有人骨。自此之後，寺廟裡再也沒有怪事發生。

雁翎刀鬼

【出處】清代鈕琇《觚剩續編》〈卷四．物觚．雁翎刀〉

雁翎刀是中國古代的一種兵器，因形似雁翎而得名。

山東文登縣（今山東省威海市文登區）靠近大海，康熙二十二年秋天，經常有海怪出現，居民驚慌失措，每到天黑，就關門閉戶。這樣過了兩個月，大家不得不上報官府。

縣令有個僕人叫高忠，向來勇猛，而且力大無比，就跟縣令說：「海怪擾民，消滅它是大人你的職責，也是我這個僕人的分內事，希望你給我一匹良馬、一支長矛，我去把它除掉。」縣令答應了。高忠騎著馬，拿著長矛，一個人來到海邊。

晚上，一輪新月照得沙灘如同雪花一般潔白。等到二更，高忠看見一個一丈多高的藍臉大鬼，頭上長著角，利齒如鉤，腿上有毛，背上長著鱗甲，坐在沙地上，面前放著五隻雞、十瓶酒，一邊喝酒一邊吃雞。

高忠騎著馬到跟前，舉起長矛刺中鬼的肉角。鬼十分驚慌，逃到海裡。高忠下馬，坐在海怪剛才坐的地方，撕著雞喝著酒，精神凜凜。過了一會兒，海水湧動，那個鬼騎著一頭怪獸隨波而出，拿著刀和高忠搏鬥。雙方打了很久，高忠用長矛刺中鬼的肚子，鬼丟下刀，消失了。

高忠撿起那把刀，回去獻給縣令。刀上刻著「雁翎刀」三個字。縣令讓人把刀收藏在倉庫裡。從此之後，海怪再也沒有出現過。

67

自行板凳

【出處】清代錢泳《履園叢話》〈叢話十四．祥異．板凳自行〉

清代，嘉慶十二年冬天，有個叫袁叔野的人離開北京城到位於焦家橋的舊宅子裡，剛放下行李，就去廁所方便。廁所裡有一條板凳，無緣無故自己動了起來。

袁叔野剛開始不覺得奇怪，方便完了走出廁所，一直來到後園，已經距離廁所很遠了，一回頭，看見板凳跟著自己一搖一晃地走了過來。

袁叔野的一個老僕人上前喝斥了一聲，板凳才恢復如初。

怪物篇。

物之異常為「怪」，對於人來說，不熟悉、平常生活中幾乎沒見過的反常事物，即所謂「非常則怪」。

68

鮫人

【出處】晉代干寶《搜神記》〈卷十二．南海鮫人〉
【出處】清代沈起鳳《諧鐸》〈卷七．鮫奴〉

據說中國的南海之中，生活著一種名為「鮫人」的妖怪，它們生活在水裡面，長得像魚，善於織布。流淚的時候，落下的淚水會成為珍珠。

清代，有個叫景生的人，喜歡航海。有一天晚上，他發現有個人躺在沙灘上，碧眼鬈鬚，身體漆黑，如同鬼魅，就問對方的身分。這個人說：「我是鮫人，為水晶宮瓊華三公主織造嫁衣，沒想到失手弄壞了織布機上面的九龍雙脊梭，被流放了。我現在流浪四方，無依無靠，你如果能收留我，恩情我定會沒齒不忘！」

景生身邊正好沒有服侍的僕人，就收留了鮫人。這個人什麼事情都幹不了，平時也不說不笑，景生覺得它可憐，也不忍心使喚它。

有一天，景生去寺院遊玩，看到一個老婆婆帶著一個漂亮的女孩拜佛。那女孩有傾國傾城之貌，景生一下子就喜歡上了。四下打聽，得知女孩姓陶，小名萬珠，自幼喪父，與母親相依為命。

景生覺得對方是貧困之家，就上門提親，並且允諾會給很多錢。老婆婆看到景生一副土豪模樣，十分生氣，說：「我女兒名叫萬珠，如果想娶她，你就用一萬顆珍珠做聘禮吧。」

景生哪裡拿得出一萬顆珍珠，只得垂頭喪氣地回來，想著一萬顆珍珠，就是自己傾家蕩產，也辦不到。自此害了單相思，日有所思，夜有所夢，滿腦子都是萬珠的身影，很快臥床不起。家人找了很多醫生，醫生都說：「一般的疑難雜症可以醫治，相思病可沒有治療的良藥呀！」時間長了，景生日漸憔悴，躺在床上，瘦骨嶙峋，奄奄一息，眼見就要活不成了。

一天，鮫人走進房間查看景生的病情。景生將那相思之苦一一道來，鮫人聽了，扶床大哭，眼淚落在地上，化為珍珠，在地上跳躍，每一顆都碩大渾圓，發出璀璨光芒。景生看了，大喜過望，一骨碌爬起來：「我的病好了！」

鮫人很驚訝，景生將事情的原委告訴它，並求它再多哭幾場，這樣一來，就有足夠的珍珠去迎娶萬珠了。鮫人說：「尋常的哭，只能得到少量的珠子，為了主人能夠娶回意中人，你就稍等一下，讓我盡情哭一場吧。」

按照鮫人的交代，景生第二天帶著它登樓望海。鮫人一邊喝酒，一邊跳舞，看著大海，想起以前的生活，想起自己被流放無法回故鄉，痛哭流涕，落下的珍珠不計其數。景生得到了足夠的珍珠，就帶著鮫人回來。

鮫人忽然指著東海笑著說：「你看，天邊出現了紅色的雲霞，升起了十二座海市蜃樓，那一定是瓊華三公主出嫁了。這樣一來，我的流放期限已滿，可以回家了！」說完，鮫人與景生告別，縱身一躍，跳入海中。景生站在岸邊，望著海面，十分失落，很久才獨自回家。

過了幾天，景生帶著一萬顆珍珠來到老婆婆家，誠懇地提親。老婆婆笑著說：「看來你對我女兒是真心的，其實我並不是不願意把女兒嫁給你，只是想試探你一下。我又不是要賣女兒，要那麼多珍珠幹嗎？」老婆婆把珍珠退給了景生，並把女兒許配給他。

景生和萬珠過上了幸福的生活，不久生下一個兒子，取名「夢鮫」，以此來紀念那個成全他們姻緣的鮫人。

69

毛人

【出處】晉代陶潛《續搜神記》〈卷七・周子文失魂〉〈卷七・毛人〉

晉代，晉陵（今江蘇省常州市）這個地方有個人叫周子文，年輕時喜歡打獵，經常出入深山。

有一天，他在山澗中看到有個人，身高五六丈，身上長滿了白如雪霜一般的毛，手裡拿著弓箭，那人大聲叫道：「阿鼠！」周子文的小名就叫阿鼠，聽到之後，他不由得應了一聲：「欸！」那妖怪立刻拉滿弓，朝他射了一箭。周子文回到家後，覺得失魂落魄，病了很長時間。

也是晉代，宣城（今安徽省宣城市）有個人叫秦精，經常到武昌山裡採茶。有一天，秦精遇到一個妖怪，身高一丈多，渾身長滿長毛，從山北那邊過來。秦精見了很害怕，覺得自己肯定要死掉了。沒想到毛人拉著秦精的胳膊，帶著他來到山中一大片鮮美的茶樹跟前，就走掉了。秦精忙著採茶，毛人很快又回來了，從懷裡掏出二十幾個橘子交給秦精，那橘子十分甘甜。秦精採完茶，滿載而歸。

70

耳翅兄

【出處】宋代李昉等《太平廣記》〈卷三百六十二．妖怪四．梁仲朋〉（引〈乾乾子〉）

唐代，葉縣（今河南省平頂山市葉縣）有一個叫梁仲朋的人，家住汝州（今河南省汝州市）西郭的街南。渠西有個小村莊，他常常早晨去那裡，晚上才回來。

有一年八月十五，夜空澄澈。梁仲朋離開村子，騎馬走了十五六里路，路過一個大家族的墓地。墓地周圍栽種的全是白楊樹，此時已經是秋天，落葉紛紛。二更天，經過樹林時，梁仲朋聽到林子裡發出怪聲，忽然有一個東西飛了出來。梁仲朋起初以為是驚起的棲鳥，不一會兒，那東西飛到梁仲朋懷中，坐到了馬鞍上。

月光之下，這怪物就像能裝五斗米的籮筐那麼大，毛是黑色的，頭像人，身上有濃重的羶味，眼睛鼓起像個圓球，對他說：「老弟，你不要害怕。」

妖怪並沒有傷害他，一直跟著梁仲朋走到汝州城門外，見到有人家沒歇息，還亮著燈，被燈光一照，它就忽然向東南飛去了。

梁仲朋到家好多天，也不敢向家裡人講這件事。有一天夜裡，月光很好，夜空澄澈，梁仲朋和家人在院子裡喝酒，喝得興起，就講了那個妖怪。沒想到，那妖怪忽然從屋頂上飛下來，對梁仲朋說：「老弟，你說我什麼事啊？」一家老小嚇得一哄而散，只有梁仲朋留了下來。

妖怪說：「今天高興，我就來做個東吧！」嘴上這麼說，可也沒看到它拿出什麼酒菜，反而不停地要酒喝。

梁仲朋仔細地看了看它，見它脖子下面有個瘤，像瓜那麼大，鼻子大如鵝蛋，長滿了黑毛。飛起來的時候，兩個耳朵就是兩個翅膀。

妖怪喝了很多酒，醉倒在桌子上。梁仲朋悄悄起來，拿了一把刀，狠狠砍向怪物的脖子，頓時血流滿地。此時妖怪起身說：「老弟，你會後悔的！」說完，就飛走了。

從那以後，梁家就開始死人，三年內，家裡三十口人全都死光了。

71

影

【出處】唐代段成式《酉陽雜俎·前集》〈卷十一·廣知〉
清代樂鈞《耳食錄》〈卷一·鄧無影〉

據說，人有九個影子，而且每個影子都有自己的名字。唐代，有個人會一種奇異的法術——在某人的本命日，五更天時，挑起燈籠去照那人的影子，根據影子的狀態就能夠判斷那人的吉凶。

清代，有個叫鄧乙的人，三十歲了，一個人生活，每到晚上，就覺得十分孤獨。一天，鄧乙對著自己的影子說道：「我和你相處也有幾十年了，你就不能陪我說說話嗎？」沒料想，影子突然從牆上跳了下來，說道：「好的！」

鄧乙嚇得半死，影子笑著說：「你看看！你要我陪你說話，我答應了，你怎麼還如此怠慢我？」鄧乙心裡稍稍安定，就說：「你有什麼辦法讓我快樂呢？」

影子說：「你說你想幹什麼？」鄧乙說：「我一直都是一個人，想找個少年好友，夜裡談談心，行不行？」影子說：「這有什麼難的！」隨後，影子變成了一個少年，風流倜儻。

從此之後，鄧乙想要什麼，影子就變成什麼，只有鄧乙能看到它，別人都看不見。時間長了，大家發現，鄧乙的影子和鄧乙一點兒都不像，問他，他才把這件事告訴別人，所有人都認為鬧了妖怪。

幾年之後，影子忽然提出要離開。鄧乙問它去哪裡，影子說去一個萬里之遙的地方。鄧乙哭著把影子送出門外，影子凌風而起，很快就不見了。

從此之後，鄧乙成了一個沒有影子的人，別人都叫他「鄧無影」。

72

人狼

【出處】唐代張讀《宣室志》〈卷八〉
清代袁枚《子不語》〈卷六．老嫗變狼〉

唐代，太原有個叫王含的人，是個很勇猛的將軍。王含的母親金氏本是胡人的女兒，擅長騎馬射箭，很是出名，經常騎著駿馬，帶著弓箭、佩刀，入深山獵取熊鹿狐兔，每每收穫豐碩，大家都因為忌憚她的武勇而敬重她。

金氏七十多歲的時候，說自己老了，而且生了病，就獨居在一間房子裡，不許任何人接近，天一黑就關門睡覺。

有一天，關門之後，家人聽到她的房間裡發出奇怪的聲響，看到一頭狼從屋裡跑了出去，天沒亮，這頭狼又回來了，走進房間，關上了門。家裡人十分恐慌，就告訴了王含。當天晚上，王含偷偷查看，果然如同家裡人所說，他心裡很不安。

天亮後，金氏把王含叫到跟前，吩咐王含去買麋鹿。王含買來麋鹿，把鹿肉做熟了，端給金氏吃。金氏生氣地說：「我要的是生的！」王含沒辦法，拿來生鹿肉，金氏接過來，津津有味地吃完了。

王含發現母親越來越不對勁，害怕起來，家裡人也都惴惴不安，偷偷議論這件事情。時間長了，金氏也知道大家都在議論，十分不好意思。一天晚上，金氏變成先前那頭狼，離家而去，從此之後，再也沒有回來。

清代，崖州有個姓孫的農民，母親已經七十多歲了，忽然開始長毛，從兩隻胳膊上一直延伸到腹部和背部，最後到了手掌，長出來的毛有數寸之長。母親的身體也逐漸變得佝僂，屁股上還長出了尾巴。有一天，母親倒在地上變成了一頭白狼，跑出門去。

家裡人無可奈何，只能聽之任之。此後，每隔一個月或者半個月，白狼就會回來看看子孫，照常吃喝。

這事情被鄰居知道了，想拿刀箭把她殺了。兒媳婦知道後，買了豬蹄，等婆婆再來，將豬蹄給她吃，並且叮囑說：「婆婆吃了這個之後，就別再來了。我們都知道婆婆思念我們，對我們沒有惡意，可是鄰居並不知道這些，如果把你殺了，或者傷到了，我們心裡會很難過。」

聽了這些話，白狼發出了悲傷的號哭聲，環視家裡良久，離開了。從此之後，再也沒有回來過。

73

人魚

【出處】戰國《山海經》〈卷三．北山經〉
漢代司馬遷《史記》〈卷六．秦始皇本紀第六〉
唐代鄭常《洽聞記》
清代袁枚《子不語》〈卷二十四．美人魚〉
三國吳沈瑩《臨海水土異物志》〈人魚〉

人魚，是中國古代著名的妖怪之一。

《山海經》裡記載，龍侯之山的決水裡面就有人魚，它長著四條腿，聲音如同嬰兒，吃了它，就不會變癡呆。《史記》裡記載，秦始皇的陵墓裡用人魚膏來點燈。

東海裡也有人魚，傳說大的長五六十寸，樣子像人。眉毛、眼睛、口、鼻子、手、腳和頭都像美麗的女人，皮肉白得像玉石，身上沒有鱗，長著幾寸長的細毛，毛有五種顏色，又輕又柔軟，頭髮像馬尾巴一樣長。

清代，有人在崇明島抓住過一條人魚，它長得像個美麗的女子，身體和海船一樣大。船工問它：「你迷路了嗎？」人魚點頭，船工就放了它。

酒蟲

【出處】清代蒲松齡《聊齋志異》〈卷五．酒蟲〉

清代，在山東長山（今山東省濱州市鄒平縣長山鎮）這個地方，有個姓劉的人，身體肥胖，特別喜歡喝酒，每次獨飲，總要把一大罈的酒全部喝完。好在他家裡很有錢，喝這麼多酒，也能負擔得起。

一天，一個西域來的僧人見到劉某，說他身上有一種怪病。劉某說：「別開玩笑了，我根本沒有病。」僧人問他：「你飲酒是不是從來沒有喝醉過？」劉某說：「是的。」僧人說：「那是因為你肚裡有酒蟲。」劉某非常驚訝，便求他醫治。僧人說：「很容易。」劉某問：「需要用什麼藥？」僧人說：「不需要什麼藥，你只要按照我的吩咐去辦，就可以了。」

僧人用繩子將劉某手腳綁住，放在太陽底下，臉朝下趴著，然後在他

面前，放了一盆好酒。

過了一會兒，劉某感到又熱又渴，鼻子聞到酒的香味，饞得很，非常想喝酒，可因為被綁上了，喝不到，因此十分痛苦。忽然劉某覺得咽喉中發癢，哇地一下吐出一個東西，直落到酒盆裡。僧人解開劉某的繩子，讓他去看。劉某來到盆旁邊蹲下，看見裡面有個妖怪，是一條紅肉，三寸長，像游魚一樣蠕動著，嘴眼俱全。劉某驚駭地向僧人致謝，拿銀子報答他，僧人不收，只是請求要這個酒蟲。劉某問他：「這玩意兒能有什麼用？」僧人回答：「它是酒之精，如果盆裡盛上水，把蟲子放進去攪拌，就成了好酒。」劉某讓僧人試驗，果然如此。

發生這件事後，劉某變得非常討厭喝酒，身體漸漸地瘦下去，家境也日漸貧困，最後竟連飯都沒得吃了。

75

山都

【出處】晉代干寶《搜神記》〈卷十二．廬江山都〉
南北朝任昉《述異記》〈卷上〉

山都是一種生活在山裡的妖怪。

在廬陵（郡名，東漢時治所西昌縣，在今江西省泰和縣城西北）的大山之中，有人看到過山都。這種妖怪長得和人很像，赤身裸體，似乎很怕人，見到人就逃走。

它們有男有女，身高可達四五丈那麼高，生活在大山的幽暗深處，如同魑魅鬼怪。

在南康（今江西省贛州市）的山中，也能看到山都，這裡的山都身高二十多寸，全身漆黑，紅眼，頭髮又黃又長，披在身上。在深山的樹上築巢，巢的形狀和鳥蛋差不多，有三十寸那麼深，裡頭很有光澤，五色鮮明，兩個巢疊在一起，中間連著。

當地人說，上面那個是雄山都住，下面那個是雌山都住。巢旁開一個圓形的出口，整個巢非常輕，很像個木桶，裡面用鳥毛做褥子。贛縣西北十五里有個古塘，叫余公塘，上面有一棵二十圍的大梓樹，這棵樹中心空了，山都在裡面築了巢。

南北朝時，袁道訓、袁道虛兄弟倆把山都築巢的樹砍倒了，並且把它們的巢拿回了家。

山都很快便出現在兩人面前，生氣地說：「我在荒山野嶺裡住著，礙你們什麼事了？能用的樹山裡到處都有，可這棵樹有我的巢，你們卻偏偏給砍了。為了報復你們的胡作非為，我要燒掉你們的房子！」這天二更時分，弟兄倆家的裡外屋都起了大火，燒得片瓦無存。

貘

【出處】清代王士禎《居易錄談》〈卷十六〉
清代袁枚《子不語》〈卷六・貘〉

貘，是古代傳說中的怪獸，據說生在銅坑之中，以銅和鐵為食物，用它的屎可以鍛造出削鐵如泥的兵器，其尿可以熔解金屬。

清代，北京附近的房山出現過貘獸，它喜歡吃銅鐵，但是不傷人。它看到老百姓家裡犁、鋤頭、刀斧之類的東西，就饞得流口水，吃起來就像吃豆腐一般，後來，連城門上包裹的鐵皮都被它吃光了。

古人認為貘是辟邪之物。唐代大詩人白居易，曾經專門寫過一首讚揚貘的詩，其中有這麼兩句：「寢其皮，辟濕；圖其形，辟邪。」意思是說，如果用貘的皮做褥子，可以袪除濕氣；家裡掛上它的畫像，妖怪邪氣就不會進家門。

77

巴蛇

【出處】戰國《山海經》〈卷十・海內南經〉
唐代裴鉶《傳奇》〈蔣武〉

巴蛇是傳說中的一種巨蛇，能吞下大象，吞吃後三年才吐出大象的骨頭，有才能品德的人吃了巴蛇的肉，就不會患心痛或肚子痛之類的病。

一種說法認為巴蛇的顏色是青色、黃色、紅色、黑色混合間雜的，另一種說法認為巴蛇長著黑色的身子、青色的腦袋。

唐代，有個叫蔣武的人，長得魁梧強壯，膽大勇猛，獨自一人住在山裡，靠打獵為生。

蔣武擅長弓術，經常拿著弓箭遊蕩，遇到狗熊、老虎、豹子之類的猛獸，一箭射去，無不應聲而倒，而且每箭都能射中猛獸的心臟，可謂百步穿楊，精絕無比。

有一天，蔣武忽然聽到急促的敲門聲，隔著窗戶往外看去，只見一隻猩猩騎在一頭白象身上。蔣武知道猩猩聰明能說話，就質問它：「你和大象敲我的門幹什麼？」猩猩說：「大象有難，知道我能說話，所以託我來求你件事。」蔣武讓它們說明來意。猩猩說：「這座山南面兩百里的地方有個大山洞，住著一條數十丈長的巴蛇，雙目放光，如同閃電一般，牙齒又長又鋒利，大象經過的時候，每每都會被它吞下，它已經吞了一百多頭大象了。大象們都沒有辦法，知道你善於射箭，懇求你帶著有毒的箭射死它。若是如此，我們一定報答你的恩情。」

猩猩說完，大象跪倒在地，淚如雨下。

猩猩說：「你要是願意去，請拿著弓箭到大象背上來吧，我們帶你去。」

蔣武被猩猩的話打動，於是帶著毒箭，上了大象的背，由它們帶路，來到大山洞跟前，果然看見巴蛇一雙眼睛光芒四射。蔣武拉弓射中了巴蛇眼睛，大象馱著他就跑。

過了一會兒，山洞中發出打雷一般的叫聲，巴蛇竄出來，把方圓幾里

的樹木都壓倒了，然後痛苦死去。巴蛇死後，蔣武來到洞穴，看見裡面大象的骨頭和牙齒堆積如山。

有十頭大象用長鼻子捲起象牙，獻給蔣武。蔣武帶著象牙回家，將象牙賣了，從此就變成了大富豪。

78

人面瘡

【出處】明代謝肇淛《五雜俎》〈卷十一．物部三〉

從前，有個商人的左胳膊上長了一個瘡，但他並不痛苦。這瘡長著人臉，也有五官，很有趣。商人有時候戲弄它，滴酒在它嘴裡，它喝醉了，臉就會變得通紅；給它東西吃，它也能津津有味地吃下。如果吃多了，胳膊上的筋肉就會鼓脹，就跟它的胃一樣，如果不餵，手臂就會癟下去。醫生讓商人餵它吃草木金石各種藥，都沒事，唯獨給它貝母吃，它就皺著眉頭不肯張嘴。商人大喜，說：「這味藥肯定能制服它！」於是，強行給它灌下去，很快人面瘡就結痂脫落了。

有的書記載，人面瘡是晁錯的冤魂所化，當年晁錯提出讓漢景帝削藩，引起了七國諸侯舉兵反叛，喊出「請誅晁錯，以清君側」的口號，漢景帝沒辦法，將晁錯腰斬了。

79

落頭民

【出處】晉代干寶《搜神記》〈卷十二．落頭民〉
晉代張華《博物志》〈卷三．異蟲〉
唐代段成式《酉陽雜俎．前集》〈卷四．境異〉

落頭民出自中國南方，秦朝的時候有人見過，他們的腦袋能夠離開身體飛走。因為這種人的部落有一種祭祀，名為「蟲落」，因此而得其名。

三國時，東吳的將軍朱桓有一個婢女，每天晚上睡著之後，腦袋就會飛走，有時候從牆下的狗洞裡飛出去，有時候從天窗飛出去，腦袋用兩個耳朵當翅膀，等天亮了才回來。知道這件事的人都覺得很奇怪。

有天晚上，朱桓挑著燈籠來到婢女房間，發現她身體雖然在，但頭不見了，摸一摸，身體微微冰冷，還喘著氣。朱桓用被子將身體裹了起來。天快亮時，婢女的頭飛回來了，因為隔著被子，腦袋無法回到身體，兩三次掉在地上，似乎很是著急，不僅如此，身體也劇烈喘息，好像快要死的

樣子。朱桓扯開被子，腦袋才復原，回到脖子上，過了一會兒，婢女安然無恙，好像什麼事情都沒有發生。

這件事讓朱桓覺得很不可思議，沒多久就把這婢女送走了。

據說，在南方打仗的將領經常會抓到落頭民，有的人惡作劇，把落頭民的身體蓋在巨大的銅盤之下，飛回來的腦袋因為長時間回不到脖子上，就會死掉。

五嶺以南的溪洞中，常常有頭能飛的人，所以有「飛頭獠子」的名稱。據說這種人腦袋飛出去的前一天，脖子上會出現一條紅色的印記，妻子見了，往往夜裡就會格外小心看護。到了晚上，這個人的腦袋離身而去，飛到溪流的岸邊，在濕泥裡尋找螃蟹、蚯蚓之類的東西吃，天亮前飛回來。夜裡發生的事情，他會覺得如同做夢一般，但是摸一摸肚子，裡面可是裝了不少東西，很飽呢。

80

短狐

【出處】

晉代干寶《搜神記》〈卷十二．江中蜮〉

晉代郭璞《玄中記》

晉代陳延之《小品方》〈卷十．治射公毒諸方〉

晉代張華《博物志》〈卷三．異蟲〉

東漢光武帝中元年間，在永昌郡（今中國雲南省西部，緬甸克欽邦東部、撣邦東部一帶）的江中，出現了妖怪。這種妖怪名為「蜮」，也有人叫它「短狐」，能夠含著沙子利用氣息射擊行人，凡是被它射中的，身體立刻會出現不適的症狀，輕則頭疼發燒，嚴重的會死去。

據說這種東西長三寸左右，寬一寸左右，顏色漆黑，背部長著甲片，嘴上長著東西，向前凸起，如同長著角。有時候，它也會射人的影子，距離三十步遠都能射中，凡是被射中的人，十有六七會死去。

短狐這種妖怪，一般沒人能看見它，不過鵝能吃了它。被它射中的人，將雞腸草搗碎塗抹傷口，幾天就會痊癒。

81

城隍主

【出處】唐代戴孚《廣異記》〈韋秀莊〉
宋代李昉等《太平廣記》〈卷三百零三·神十三·宣州司戶〉（引〈紀聞〉）

唐代，滑州（今河南省安陽市滑縣）刺史韋秀莊有次到城樓上看黃河，忽然看見樓中有一個人，身高三十多寸，身穿紫衣，頭戴紅帽，向他參拜。韋秀莊知道他不是凡人，就問他是什麼來頭。對方回答說是城隍主。韋秀莊又問他來此有什麼事，城隍主說：「為了使黃河的河道暢通，河神打算摧毀這座城池。我堅決拒絕了。五天後，我與他將在河岸大戰一場。我擔心打不過河神，特來向你求援。如果你能支援我兩千名弓箭手，到時候幫助我，我就一定能打勝。」

韋秀莊答應他的要求後，這人就消失了。過了五天，韋秀莊率領著兩千名精壯的士兵登上城樓，看見河面上變得一團漆黑，然後冒出一股十多丈高的白氣，同時城樓上冒出一股青氣，和河上的白氣纏繞在一起。這時韋秀莊命令弓箭手向白氣發箭，白氣漸漸變小，最後終於消失，只剩下青氣。青氣升騰而上，化入雲端，又飄到望河樓裡。

起初，黃河的水流已逼近城下，後來才逐漸退回去，一直退到離城五六里的地方，看來，是城隍主打敗了河神，保護了城裡的老百姓。

也是在唐代，江南一帶的人都怕鬼，所以每個州縣都供奉有城隍主，乞求保佑。開元末年，宣州（今安徽省宣城市）司戶死了，死後被城隍主召去。城隍主住在一個富麗堂皇的宮殿裡，門外有很多侍衛，守衛十分森嚴。

見到司戶後，城隍主問他一生做了些什麼，司戶說自己沒做什麼壞事，不該死。城隍主說：「你說得對，那就放你回去吧。不過，你認識我嗎？」司戶說：「我是凡人，怎能認識你呢？」城隍主說：「我叫桓彝，最近就要晉升為宣城內史，主管全郡了。」這些都是司戶活過來以後說的。

82

海和尚

【出處】清代袁枚《子不語》〈卷十八．海和尚〉

有個姓潘的人，是捕魚高手，有一天和同伴一起在海邊撒下網，往回拽的時候，覺得網裡面似乎比平常要沉重許多。大家齊心協力往上拉，等到漁網露出水面，發現裡頭並沒有魚，而是有六七個小人交叉盤坐在裡面。

這六七個小人全身是毛，如同獼猴，腦門上沒有頭髮，對著潘某等人雙手合十跪拜，說的話也聽不懂。潘某就把它們放了。小人出了網，在海面上行走了十幾步就消失了。

當地人說：「那東西叫海和尚，如果做成臘肉吃了，可以一年不餓。」

83

海鰍

【出處】唐代劉恂《嶺表錄異》〈卷下〉
明代顧岕《海槎餘錄》
清代朱翊清《埋憂集》〈卷二．海鰍〉

傳說海鰍是海上最大的動物，小的也有一兩百丈那麼長。海鰍吞舟的說法，並不荒謬。

每年，從廣州常常開出銅船到安南（今越南）去拓展貿易，路途遙遠，千里迢迢。

一次，有個北方人要求去走一趟，往來一年，頭髮便斑白了。據這個北方人說，一天，船路過調黎這片海域時，前方海面上看見十多座山，有時露出來，有時沉沒下去。船工說：「這不是山，是海鰍的脊背。」北方人果然看見海鰍的雙眼在閃爍。過了一會兒，大晴天裡忽然下起了小雨，船工說：「這是海鰍噴氣，水珠散在空中，順風吹來像雨罷了。」等到靠近海鰍時，人們敲著船大聲亂叫，海鰍就沉了下去。

等此人做完生意返回時，不再乘船，而是取道雷州（今雷州半島）走陸路，就是為了躲避海鰍。他心想：假如海鰍張開巨口，我的船豈不就像落入井中的一片樹葉，絕無生還可能。

梧川一帶有山川交叉於海面，上下五百里，橫亙海面，非常深。每年二月，海鰍就會來這裡繁衍。剛開始的時候，有雲層翻滾而來，遮蓋住山，當地人看到雲層，就知道海鰍來了。等到天晴的時候，就會有生下來的小海鰍浮出水面，它們身體赤紅，眼睛還沒張開。

當地人會開船用長矛獵取小海鰍，長矛後端綁著繩子，等到矛頭扎入小海鰍的身體，人們就會把船划回來，在岸上拉繩子將小海鰍拖上岸。

小海鰍此時眼睛看不見，也對疼痛不敏感，便會隨海浪來到岸邊，等退潮後就擱淺在沙灘上。小海鰍非常大，供給一家人吃，也能吃上很久。

清代乾隆年間，乍浦（今浙江省嘉興市）一帶，海潮洶湧翻滾而來，海水淹沒了很多房舍、人和牲畜。潮退之後，有條海鰍擱淺在灘塗上，身長三四十丈，當地人爭相去割它的肉，海鰍覺得疼，躍起翻身，壓死了數百人。

84

海人

【出處】五代徐鉉《稽神錄》〈卷四・姚氏〉

從前，有個姚某人，帶著徒弟到海裡捕魚，當時天色已經很晚了，也沒有捕到什麼魚。姚某正在唉聲嘆氣，忽然發現網裡面有個人，黑色，全身長滿長毛，拱手而立，問他也不說話。

周圍的人說：「這東西叫海人，看到了必然會招來災禍，趕緊殺了吧！」姚某說：「殺了更不祥。」

姚某放了海人，對他祈禱說：「請你讓我明天捕到很多的魚，拜託了！」海人在水上走了十幾步，就消失了。

第二天，姚某果然捕了很多魚。

85

黑眚

【出處】清代袁枚《續子不語》〈卷八·黑眚畏鹽〉

清代，諸城（今山東省諸城市）有個叫丁憲榮的人，他家在城外的殷家村有不少田地，那地方有很多古墳。

傳說那些古墳裡面有一種妖怪，長著人臉，沒有形體，只有一團黑氣，有好幾丈高，晚上出來，白天就不見了。當它出來的時候，距離很遠就能聽到它的長嘯之聲，如同霹靂，讓人心驚膽戰。妖怪的長嘯聲，只有看到它的人才能聽到，其他人是聽不到的。等它長嘯完了，會用黑氣害人，黑氣聞起來十分腥臭，吸一口就會暈倒。當地人都很懼怕它，太陽一落山就沒人敢從那地方走。

一次，有個販賣食鹽的商販因為喝多了酒，醉得很厲害，忘記了妖怪經常現身的地方，結果碰到它。當時月華朗照，已經是二更天。妖怪突然出

現，擋住道路，大聲尖叫。鹽販用木扁擔砸它，它一點兒都沒有受傷。鹽販十分害怕，不知道怎麼辦才好，慌亂之下，抓起鹽朝它撒去，那怪物十分害怕，退縮鑽入了地下。

鹽販就把筐裡所有鹽都撒在它消失的地方。第二天早上去看，發現地上的鹽全都變成了紅色，腥臭難聞，旁邊還有很多血。從此之後，怪物就再也沒有出現了。

86

紅柳娃

【出處】清代傅恒等《欽定皇輿西域圖志》〈卷四十七〉
清代紀昀《閱微草堂筆記》〈卷三．灤陽消夏錄三〉

在新疆烏魯木齊附近的深山之中，經常會有牧馬的人看到一種奇怪的東西。這種妖怪如同小人一般，身高只有幾寸高，有男有女，有老有少。

它們在林中嬉戲，遇到紅柳開花的時候，就會折下柳條編織成柳圈戴在頭上，唱歌跳舞，舞姿翩翩，歌聲婉轉。

有時，它們會偷偷溜進牧馬人的帳篷偷吃食物，被抓住了，就會雙膝跪地哭泣。

如果人們捕獲了它們，它們會絕食直到活活餓死。放了它們，它們剛開始不敢馬上跑掉，而是一邊走一邊往回頭看，如果此時大聲喝斥它們，它們就會重新跪倒哭泣。直到走得很遠，估計人們追趕不上，才會一溜煙兒躍入

高山深林之中。

沒人知道它們的巢穴在什麼地方，也沒人知道其名。因為它們長得像小娃娃，而且喜歡戴紅柳，所以牧馬人稱之為「紅柳娃」。

這種妖怪，不是草木之精，也不是山裡的野獸，大概是傳說中的矮人之類的吧。

饑蟲

【出處】宋代洪邁《夷堅志．夷堅丁志》〈卷第六．高氏饑蟲〉

宋代，有個人叫陳朴，他母親高氏已經六十多歲了，得了一種名為「饑疾」的怪病。每當病發作的時候，就如同有蟲子在咬心臟，必須趕緊吃東西才行。高氏得這種病已經三四年了。

高氏平時養了隻貓，她很喜歡這隻貓，一直將它放在身邊，貓如果餓了，就取魚肉和飯餵它。一年夏天夜晚，高氏坐著乘涼，貓又叫起來，高氏就拿來鹿脯一邊嚼一邊餵貓，忽然覺得有東西爬到了喉頭，她趕緊把手指伸進嘴裡，勾住那東西，取出來，丟在地上。

那東西只有拇指大小，頭又尖又扁，有點兒像比目魚，身體如同蝦，殼長八寸。高氏用刀子剖開，那東西的肚腸和魚差不多，肚子裡還有八個幼崽，蠕動著跟小泥鰍一樣。家裡的人都不知道這東西是什麼，應該是聞到了鹿脯的香味，才會從高氏身體裡跑出來的。

這東西弄出來之後，高氏的病就好了。

88

叫蛇

【出處】清代王士禎《池北偶談》〈卷二十二．叫蛇〉
清代青城子《志異續編》〈卷三〉

叫蛇又稱人首蛇，廣東西部常有，能夠呼喊人的名字，如果回應了它，人就會死掉。

叫蛇害怕蜈蚣，所以，荒山野嶺中旅店的主人都會養蜈蚣。客人來投宿，店主就會把蜈蚣放在盒子裡，交給客人，讓他們放在枕頭旁邊，叮囑他們，如果半夜聽到外面有人呼喊自己的名字，一定不能回應，只需要打開盒子，蜈蚣就會飛出去，吃掉叫蛇的腦子，然後返回木盒中。

金牛 銀牛

【出處】晉代羅含《湘中記》
宋代李昉等《太平廣記》〈卷四百三十四．金牛〉（引〈十道記〉）
唐代段成式《酉陽雜俎．前集》〈卷十六．廣動植之一．毛篇〉

長沙西南有個地方叫金牛岡，漢武帝的時候，有一個模樣像種田人的老頭牽著一頭紅色的牛，對漁人說：「麻煩你把我送到江對岸去。」漁人說：「我的船小，哪能裝得下你的牛？」老頭說：「放心吧，能裝得下。」於是，漁人就讓老頭和牛都上了船。

到了江中央，牛在船上拉屎，老頭對漁人說：「牛屎就送給你吧。」把老頭和牛送到對岸後，漁人很生氣，就用船槳潑水，想把牛屎沖進水裡，忽然發現牛屎裡頭竟然是金子，十分驚訝，趕緊收起來，抬頭再看那老頭和牛，已經走入山中，了無蹤影。

增城縣（今廣州市增城區）東北二十里的地方，有個大水潭，深不見底。水潭北面有塊石頭，周長近三十寸。周圍打魚的人，有時能看到一頭金牛從水裡出來，在石頭旁邊臥倒休息。東晉義熙年間，周圍的老百姓經常能在潭水裡見到純金的鍊子，下水卻找不到。曾經有個漁人看見一頭金牛從水裡出來，身上拖著長長的金鍊子，在石頭上歇息，他用刀砍掉了一段金鍊，成了暴發戶。還有個人叫周靈甫，看到金牛在石頭上歇息，一旁有條金鍊子，像繩索一般。周靈甫一向勇猛，就上去牽金牛，金牛掙脫逃掉了，周靈甫撿到了一段兩三丈長的金鍊，從此也變成了富豪。

太原縣（今山西省晉源縣）北面有座銀牛山，漢代建武三十一年，有個人騎著一頭白牛從田裡經過，農民很生氣，就喝斥他不應該騎牛踩踏莊稼。這人說：「我是北海使者，要去看天子封禪。」說完，騎著牛上了山。農民後來上山找這個人，只看到那頭牛的蹄印，而留下來的牛屎全都變成了銀子。第二年，皇帝果然來到這裡封禪。

91

木龍

【出處】清代許奉恩《里乘》〈卷九·木龍〉
清代郁永河《海上紀略》

凡是海船，船上一定會有條大蛇，名為木龍。

從船被造好那天起，這東西就有了。平時看不見，也不知道它躲在什麼地方。

如果木龍離開了，這艘船一定會沉沒。

92

鏡目

【出處】晉代干寶《搜神記》〈卷十七．頓丘魅物〉

三國魏文帝曹丕在位的時候，河南頓丘縣（今河南省濮陽市清豐縣西南）有個人騎馬夜行，看見大路當中有個像兔子般大的怪物，兩眼像鏡子一樣灼灼放光，蹦跳著擋在馬前，那人被嚇得掉下馬來。

怪物見了，就上去撲咬那人，雙方糾纏了好久，那人才脫身，趕緊翻身上馬逃命。

往前走了幾里地，遇見一個行人，那人就向他說了剛才的事，兩個人談得很融洽。

行人說：「我一個人走路，慶幸能夠碰上你為伴，真是高興。你的馬跑得快，你就在前面吧，我跟在後面。」於是兩個人就一路向前走。

過了一會兒，行人對這個頓丘人說：「剛才你遇見了什麼東西，長什麼

樣子？」頓丘人說：「那怪物身子像兔子，眼睛像鏡子，形貌非常醜惡。」

行人就說：「你回頭看看我，是不是長這個樣子？」

頓丘人回頭一看，那個行人和之前看到的怪物一模一樣，而且怪物一下跳到頓丘人的馬上，頓丘人從馬上跌落，嚇得昏死過去。後來，馬獨自回到家裡，家人奇怪，立刻出去找人，在路邊發現了他。又過了一夜，頓丘人才醒轉過來，將自己的遭遇講了一遍。

93

潛牛

【出處】唐代段成式《酉陽雜俎．續集》〈卷八．支動〉
唐代康駢《劇談錄》〈卷上．洛中大水〉
清代屈大均《廣東新語》〈卷二十一．獸語．牛〉

唐代時，勾漏縣（今廣西省北流市）的大江裡，藏有「潛牛」，這種妖怪長得如同水牛一般，經常上岸來和農民所飼養的水牛爭鬥，一旦雙角變軟了就會回到水裡，等牛角重新變得堅硬，就再次出來和水牛打架。

唐代咸通四年（公元八六三年）秋天，洛陽發大水，淹沒田舍無數。大水過後，香山寺的一個和尚說：「發大水那天，黃昏的時候，我看到大水從龍門川而來，翻江倒海，波浪之中，傳出大鼓一般的聲響，像雷霆一樣，有兩頭大黑牛搖頭擺尾，很快地，洪水就沖進城裡了。我們當時爬到高處，覺得城裡的人恐怕都要化為魚蝦了，然後看到定鼎、長夏兩個城門下，有兩頭青牛跑出來，衝上去和黑牛打架，趕走了黑牛，洪水就退去了。」

清代，西江裡，出現了潛牛，牛身魚尾，常常上岸和牛打架。鬥了一番，潛牛的牛角就會變軟，這時候，它就會鑽入水中，很快地，雙角再次堅硬起來，出水接著和牛抵鬥。

當地放牛的人為這事，還編了牧歌，歌中有這麼兩句：「毋飲江流，恐遇潛牛。」意思就是說：「不要去江裡喝水，容易碰到潛牛。」

人同

【出處】清代袁枚《子不語》〈卷六．人同〉

清代，在漠北蒙古喀爾喀河附近，有一種怪獸長得似猴非猴，名為「人同」，當地人稱之為「噶裡」。這種怪獸常常窺視居民的蒙古包，向人討要食物，有的還討要小刀、煙具一類的東西。如果被人喝斥，它們就丟下這些東西跑掉。

有一位將軍曾經養過一隻人同，使喚它幹活，居然幹得很好。過了一年，將軍任期滿了，要回去，這隻人同站在將軍馬前，淚如雨下，跟了十幾里，也不願意離開。將軍說：「人也罷，獸也罷，都有自己的故鄉，你不能跟我回去，就如同我不能跟著你住在這個地方一樣。天下沒有不散的筵席，送君千里，終須一別，咱們就在這裡分別吧。」

人同聽了，悲傷地叫喊，離開了，即便走得遠了，還頻頻回頭看。

95

䘨䙕

【出處】清代和邦額《夜譚隨錄》〈卷三．䘨䙕〉

清代時，有個人在瀋陽當官。傳聞官衙之中鬧妖怪，之前已經嚇死了很多人。

這人聽說之後，格外留意，一天晚上，果然看到有個東西，通體烏黑，沒頭沒臉，也沒有手腳，只有兩隻雪白的眼睛，嘴又尖又長，如同鳥嘴。這妖怪剛開始看了還覺得讓人害怕，但是每天晚上都出現，時間長了，這人和它也就熟悉了，成了朋友，招之即來。這東西混沌如煙霧一樣，軟綿綿的彷佛棉絮，如果用手按它的腦袋，它就會往下溜，按到地上，它就徹底消失，等放開了，又恢復如常。這人很驚奇，給它取名「䘨䙕」。

一天晚上，天寒地凍，這人想喝酒，但周圍的人都睡了，沒人去買。正好䘨䙕在旁邊，這人就戲弄它說：「你能為我去買酒嗎？」妖怪發出呦呦的

聲音，似乎答應了。這人把一些銅錢和一個酒瓶放在它腦袋上，褦襶就晃晃悠悠地去了。過了一會兒，褦襶回來了，腦袋上的銅錢沒有了，只有酒瓶，取來打開，裡面裝滿了好酒。這人很高興，自此之後，很多事都交給褦襶去辦。

之後，凡是它去買東西的人家，都相互傳開了，說家裡發生了怪事——東西丟了，可憑空多了錢。這人知道是褦襶幹的，祕而不宣。就這麼過了很多年。後來，這人接到了去福建上任的命令，只能收拾行裝。褦襶依依不捨，這人也很難過。

離開瀋陽來到福建後，這人思念褦襶，整日悶悶不樂。過了一年多，褦襶突然出現了，這人大喜，才把緣由說了，家裡人也知道這些事情，覺得沒什麼，和褦襶相處得很好，等習慣了，看到褦襶那麼聽話，大家都很喜歡它。不光家裡人，這人的親戚朋友中，也有不少人看到過褦襶。

又過了一年多，褦襶突然不見了。不管所有人怎麼思念它，它最終都沒有再出現。

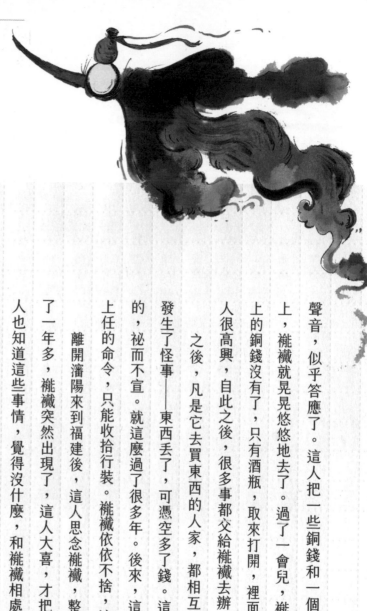

96

牛癀

【出處】清代蒲松齡《聊齋志異》〈卷七．牛癀〉

清代，蒙山（位於今山東省臨沂市）有個人叫陳華封，盛暑的一天，因為天氣炎熱，他來到野外的一棵大樹下躺下乘涼。忽然有一個頭上戴著圍領的人，匆匆忙忙跑到樹蔭下，搬起一塊石頭坐下，揮動著扇子搧個不停，臉上汗流如汁。

陳華封坐起來，笑著說：「如果你把圍領解下來，不用扇也會涼快些。」來客說：「脫下容易，再戴上就難了。」兩人便攀談起來。客人言辭含蓄文雅，說：「這時如能喝到冰浸的好酒，那可真是太好了！」陳華封笑著說：「這個很容易，我家就在附近，你跟我回去，我招待你。」客人很高興，笑著跟他走了。

到了家，陳華封從石洞中拿出藏酒，酒涼得鎮牙，客人高興極了，一口

氣喝了十杯。這時天快黑了，忽然下起雨來，陳華封便在屋裡點上燈。客人也解下圍領，兩人開懷痛飲。說話間，陳華封看見客人的腦後不時漏出光，心中疑惑。

不多會兒，客人酩酊大醉，倒在床上。陳華封移過燈來偷偷一看，見客人耳朵後邊有一個洞，有酒杯大小，裡面好幾道厚膜間隔著，像窗櫺一樣，櫺外有軟皮垂蓋，中間好像空空的。陳華封害怕極了，暗暗從頭上拔下簪子，撥開厚膜查看。裡面有一個東西，形狀像小牛，衝破窗戶飛走了。陳華封更加害怕，剛想轉身走，客人已經醒了，吃驚地說：「你偷看我的隱秘了，把牛癀放了出去，這可怎麼辦？」陳華封忙問怎麼回事，客人說：「既然已經這樣，也不瞞著你了，老實告訴你：我是六畜的瘟神。剛才你放跑的是牛癀，這個妖怪能讓牛染上瘟疫，你放跑了它，恐怕方圓百里內的牛都要死絕了。」陳華封以養牛為生，聽了非常害怕，向客人懇求解救的辦法。客人說：「只有苦參散最有效了，你要廣傳這個方子，不存私念就可以了。」說完，拜謝了陳華封，又捧了一把土堆在牆壁的龕中，說：「每次用一合便有效。」客人拱拱手就不見了。

過了不久，周圍果然有很多牛病了，瘟疫蔓延開來。陳華封有點自私，不想用客人給的藥方給別人的牛治病，只傳給他弟弟。弟弟按方子一試，很靈驗，但陳華封自己照方子給自家的牛吃藥，卻一點兒效果也沒有。他有四十頭牛，都快死光了，只剩下四五頭老母牛，也奄奄一息。他心中懊惱，無法可施，忽然想起龕中的那捧土，心想也未必有效，姑且試試吧。過了一夜，牛便都好起來了。他這才省悟，藥之所以不靈，原來是因為自己有私心。幾年以後，母牛繁育，生下很多小牛，陳華封的牛群又漸漸恢復成原來的規模。

97

山魈

【出處】唐代戴孚《廣異記．斑子》〈劉薦〉
清代袁枚《子不語》〈卷六．縛山魈〉
清代錢泳《履園叢話．叢話十六．精怪．老段〉

山魈是嶺南的一種怪物，只有一隻腳，腳後跟長在腳前，手和腳上只有三根指頭。雌性的山魈喜歡塗抹脂粉。它們在大樹洞裡築巢，用木頭製成屏風、幔帳之類的東西。

嶺南人在山裡走路，大多都隨身帶些黃脂、鉛粉還有錢什麼的，用來對付山魈。雄性的山魈被稱作「山公」，遇上它，它一定向你要錢。雌性的叫「山姑」，遇上它，它肯定向你要脂粉，給它脂粉的人可以得到它的庇護。

唐代天寶年間，有個在嶺南山中行路的北方人，夜裡怕虎，想要到樹上睡，忽然遇上了雌性山魈。這個人平常總揣些可以送人的小東西，於是就下樹跪拜，稱它為山姑。山姑在樹上遠遠地問：「你有什麼貨物？」這個人就把脂粉送給它。它特別高興，對這個人說：「你就放心地睡吧，什麼也不用擔心！」這個人就安然地睡在樹下。半夜的時候，有兩隻老虎走過來。山魈下樹，用手撫摸著虎頭說：「斑子，我的客人在這裡，你們應該馬上離開！」兩隻老虎就走了。第二天，它向客人道別，很是客氣。

山魈每年都和人聯合起來種田，人只出田和種子，在耕地裡種植、忙碌的全都是山魈，穀物成熟的時候，它們會喊人平分。它們的性情耿直，和人

分糧食，從來不多拿。人也不敢多拿，傳說多拿了會招來災禍、疫病。

唐代天寶年末，有個叫劉薦的人，走在山中，忽然遇上山魈，喊它是「妖鬼」。山魈生氣地說：「我沒招惹你，你竟然喊我是妖鬼，這不是罵我嗎？」於是它跳到樹枝上，喊：「班（斑）子！」過了一會兒，來了一隻老虎。山魈讓老虎捉劉薦。劉薦特別害怕，打馬就跑，但還是被老虎捉住了，被摁在腳下。山魈笑著說：「你還罵我不？」劉薦就不停地跪拜，求它饒命。山魈慢慢地說：「可以走啦！」老虎這才把劉薦放開。劉薦嚇得要死，回去病了很久才好。

清代，湖州有個叫孫葉飛的人，在雲南教書，非常喜歡喝酒，酒量也大。有一年中秋，孫葉飛招呼學生們喝酒，當時月光明亮，忽然聽到外面傳來如同大石頭崩裂的那種聲響，正為之驚愕時，忽然看到門外站著一個怪物，頭戴紅色帽子，黑瘦如猴，脖子下長著綠色的長毛，只有一隻腳，蹦蹦跳跳地進來。

看到大家在喝酒，怪物放聲大笑，笑聲如同竹子裂開時發出的響聲。旁邊的人都說那是山魈，不敢靠近。山魈闖入廚房，廚子喝醉了酒正躺在床上，山魈掀開帳子看到廚子，又大笑不止。眾人大聲高喊，廚子驚醒，看到山魈，趕緊舉起木棍打它，山魈也做出搏鬥的樣子。廚子向來很勇猛，抱著山魈的腰在地上廝打，大家各自找來刀棍幫忙，用刀子砍山魈，卻根本傷害不了它。打了很長時間，山魈抵擋不過，身體逐漸縮小，變成了一個肉團。大家把肉團綁在柱子上，本來打算天亮了扔進江裡，可半夜那東西就不見了，只在地上留下了一頂紅帽子。那頂紅帽子是書院一個姓朱的學生的，先前丟失了，看來是被山魈偷去了。

也是在清代，婺源有個叫齊梅麓的人，和同學一起在古寺讀書。一天晚上，他聽到窗戶外面有聲響，過了一會兒，聲響傳入屋子，越來越喧鬧聒噪，不知道是什麼東西。慶幸的是，臥室房門緊閉，那東西沒進來。天亮後，臥室外面的書籍、文房四寶、字畫、桌椅、器具全被弄得亂七八糟，寺裡的僧人說：「這肯定是山魈幹的壞事！」

蘇州有個叫張淥卿的人，跟父親到福建，聽說某個縣衙後頭有怪物，沒人敢靠近。張淥卿膽子很大，晚上爬到梁上偷看。三更時分，果然有幾個長得似人非人、似獸非獸的怪物出現，往來於庭院之間。這群怪物中間有個大傢伙，長七八十寸，無頭無尾。張淥卿暗道：「這肯定是山魈。」

第二天，張淥卿將五六串鞭炮用藥線連起來，和三四斤火藥放在一起，佈置在山魈出沒的地方，然後爬到梁上等待。等晚上山魈出現時，張淥卿點燃引線，鞭炮齊鳴，火藥爆炸，怪物嚇得在火中跳躍大叫，紛紛逃去，從此再也不敢來了。

98

小人

【出處】清代宣鼎《夜雨秋燈續錄》〈卷二・樹孔中小人〉

清代，澳門地區有個人叫仇端，經常跟著海船去各國貿易。有一次，遇到颶風，大船擱淺在一座島上。仇端到島上散步，發現上面有很多枯樹，樹上有很多孔洞，裡面住著小人。

這些小人只有七八寸，有男有女，有老有少，皮膚的顏色如同栗子皮，身上帶著小小的腰刀、弓箭。看到仇端，齊聲吶喊，說的話完全讓人聽不懂。

仇端肚子疼，解開褲子蹲在地上大解，然後端著煙管抽煙。忽然聽到人聲嘈雜，那聲音，就如同秋天池塘裡有一群小野鴨那樣啾啾叫著，成群結隊過來。仇端轉過頭，發現枯樹的最高處，有個黑石壘砌的小城，只有膝蓋那麼高，城門大開，從裡面走出來一千多個小人，還有一個如同將軍的小人舉

著旗子，大聲呼喊，從各個樹洞裡，走出很多小人來，聽從號令。中間有個年輕的小人，面目端正，頭上戴著插著野雞翎毛的紫金冠，穿著銀鎖甲，騎著一個拳頭大的小雞崽，指揮得井井有條，嘴裡面嘀嘀咕咕，也不知道說什麼，然後聽見那些小人齊聲高喊：「希利！」就浩浩蕩蕩舉著兵器朝仇端殺過來。

仇端剛開始有點兒害怕，知道這幫小人是來驅趕自己，但看到他們太小了，覺得應該不會發生什麼危險，就繼續蹲著拉屎。那個將軍就指揮小人開始攻擊仇端。小刀、小箭射入身體很疼。仇端覺得對方很討厭，就舉起煙管，敲死了那個將軍。小人一哄而散，抬起將軍的屍體回到城中，關起城門，其他的都竄進了樹洞裡。

仇端回到船裡，半夜聽到小人們又來了，對著他扔泥沙，一直鬧到雞鳴才消停下來。仇端覺得如果能抓一些回去，別人會覺得很稀奇。於是，他第二天藉口去砍柴，拿著斧頭和一個布袋子來到之前的地方，劈開一棵樹，見裡面有一夥小人，還在呼呼大睡沒有醒來呢。仇端將他們一個一個拾起來，裝進袋子裡，看情況，這些小人應該是一家人，被仇端全抓住了。回到船上，仇端好生餵養他們，給他們食物，他們也吃，尤其喜歡吃松子和水果。仇端還想再去抓一些，看見岸上無數小人聚集在一起，嘴裡大聲謾罵，放箭如雨。船上的其他人都埋怨仇端，於是解開纜繩，離開了。

過了一個多月，仇端回來，拿著小人向當地的知名人物請教，那些人都覺得這些小人應該是傳說中的僬僥國人。仇端問洋人，洋人說：「這東西如果醃起來做成臘味，味道十分鮮美。這種小人，往往一個人的時候，是不敢獨自出去的，怕被海鷗叼去了。」

仇端聽了這些人的話，很高興，在集市上張起帷幕，將小人放在盒子裡，盒子周圍鑲嵌上透明的水晶，讓人來觀看，賺了不少錢。當時，有個當官的很喜歡這些小人，告訴了鹽商，鹽商花巨資買下，用紫檀木雕刻成房屋，前後三進院子，兩旁還有遊廊，屋裡面放上几案、窗幔與衣箱、梳妝用品等器物，做完後，連同小人一起獻給了當官的。

小人們住在裡面，剛開始還有些不習慣，等過了一兩年，熟悉環境了，經常跑出來玩，很是可愛。

99

消麵蟲

【出處】唐代張讀《宣室志》〈卷一〉

唐代，吳郡（今浙江省蘇州市）這個地方，有個叫陸顒的人，自幼喜歡吃麵條，奇怪的是，越吃越瘦。

後來一個胡人帶著美酒美食，特意前來拜訪，對陸顒說：「我之所以來你家，並不是偶然，而是想帶給你一場大富貴。這件事對你沒有什麼害處，但對我來說，卻是件大好事。」陸顒很奇怪，說：「那我洗耳恭聽。」胡人說：「你是不是特別喜歡吃麵？」陸顒說是。胡人笑道：「你之所以那麼喜歡吃麵，其實是因為你肚子裡有一個蟲子。我給你一粒藥，你吃了，就會吐出蟲子來，到時候，我願意以高價買這隻蟲子，行不行？」陸顒說：「如果真的是這樣，那我答應你。」

於是，胡人拿出一粒紫色的藥，讓陸顒吃了。吃下去沒多久，陸顒果然

吐出一隻蟲子來。這蟲子長兩寸多，全身青色，長得如同一隻青蛙。

胡人告訴陸顒：「這種蟲子名叫消麵蟲，可是天下難得的寶貝。」陸顒問：「你怎麼發現它的呢？」胡人回答說：「我從你家裡看到了寶氣呀。這個蟲子是天地中和之氣凝結而成，喜歡吃麵，因為麥子這種東西秋天種下去，到夏天才成熟，完全接收到了天地四季的精華，所以它才喜歡吃。你可以用麵來餵它，這樣就能證明我的話千真萬確。」

陸顒不信，端出一斗麵放在蟲子跟前，頃刻之間就被它吃光了。

陸顒問胡人：「這蟲子能幹什麼用呢？」胡人說：「這是天下奇寶，妙不可言。」說完，胡人用盒子裝了蟲子，又用金匣從外面封上，讓陸顒放在臥室裡，小心看管，並對陸顒說：「我明天還來。」第二天，胡人拉來十輛大車，上面裝滿了金銀珠寶、綾羅綢緞送給陸顒。陸顒從此大富大貴，成了有名的富豪。

過了一年多，胡人又來了，對陸顒說：「我帶你去海裡走一趟吧，找些寶貝。」於是，陸顒和胡人一起到了海上。

這一天，胡人拿出一個銀鼎，往裡面倒了油膏，在鼎下面生起火，把那消麵蟲放在了滾燙的油鍋裡。

一連燒了七天，忽然看到一個穿著青色衣服的小孩從海裡面出來，捧著一個大盤子，上面有很多珍珠，獻給胡人。胡人很不滿意，罵了孩子一頓。孩子很害怕，捧著盤子沉入水中，過了一會兒，又有一個長得很好看、佩玉戴珠的女孩從海裡出來，捧著一個玉盤，裡面裝著很多珠寶。胡人還是不滿意，大罵一通。

沒多久，有個戴著瑤碧冠、身披霞衣的仙人捧著一顆珍珠出來獻給胡人。那珍珠直徑近三寸，天下罕見。胡人對陸顒說：「這才是至寶！」這才讓陸顒停止燒火。

得了寶貝之後，胡人從鼎裡面取出消麵蟲，收好了。胡人將那顆珍珠吞下，拉著陸顒走入海中，海水豁然而開，海裡的各種生物都遠遠躲避。兩人到了龍宮，裡面無數的寶貝，想拿多少就拿多少，胡人這才滿意而歸。

陸顒之所以能夠得到這麼多的寶貝，都是消麵蟲的功勞。

100

魚火

【出處】清代袁枚《子不語》〈卷二十四．魚怪〉

清代，會稽（今浙江省紹興市）有個叫曹山全的人，在集市上買了一條大魚回來，用刀一劈兩半，一半做了菜，一半放在櫥櫃裡。到了晚上，廚房忽然發出光，照得整個屋子都亮如白晝。曹山全走進去查看，發現光是從那半條魚的魚鱗上發出來的，照得魚鱗透亮，閃閃奪目。

曹山全很害怕，將那半條魚放在盤中，送入河裡。那光散在水裡，隨波漂動，原先的半條魚變成一條完整的魚，游走了。

曹山全回來，家裡發生了大火，這邊澆滅了，那邊就重新燃起，最後衣服、床帳、被子都被燒毀，房舍、梁柱卻沒事。大火一連燒了好幾個晚上才熄滅。

說來也奇怪，吃魚的人卻安然無恙。

參考文獻

戰國《山海經》（中華書局，2011）
漢代司馬遷《史記》（中華書局，1982）
吳沈瑩《臨海水土異物志輯校》（農業出版社，1981）
晉代陳延之《小品方新輯》（上海中醫藥大學出版社，1993）
晉代戴祚《甄異傳》（見魯迅校錄《古小說鉤沉》，齊魯書社，1997）
晉代干寶《搜神記》（中華書局，2012）
晉代葛洪《抱朴子》（中華書局，2011）
晉代郭璞《玄中記》（見魯迅校錄《古小說鉤沉》，齊魯書社，1997）
晉代羅含《湘中記》（見陶宗儀《說郛》，中國書店，1986）
晉代陶潛《搜神後記》（上海古籍出版社，2012）
晉代張華《博物志》（上海古籍出版社，2012）
南北朝東陽無疑《齊諧記》（見魯迅校錄《古小說鉤沉》，齊魯書社，1997）
南北朝劉敬叔《異苑》（中華書局，1996）
南北朝劉義慶《幽明錄》（文化藝術出版社，1988）
南北朝任昉《述異記》（中華書局，1991）
唐代戴孚《廣異記》（中華書局，1992）

唐代段成式《酉陽雜俎》（上海古籍出版社，2012）
唐代馮贄《雲仙雜記》（西南師範大學出版社，1990）
唐代皇甫枚《三水小牘》（中華書局，1958）
唐代康駢《劇談錄》（四庫全書本）
唐代劉恂《嶺表錄異》（廣陵書社，2003）
唐代柳祥《瀟湘錄》（中華書局，1985）
唐代莫休符《桂林風土記》（廣西師範大學出版社，2014）
唐代牛僧孺《玄怪錄》（中華書局，1982）
唐代裴鉶《傳奇》（上海古籍出版社，2012）
唐代薛用弱《集異記》（中華書局，1980）
唐代張讀《宣室志》（上海古籍出版社，2012）
唐代張鷟《朝野僉載》（中華書局，1979）
唐代鄭常《洽聞記》（見陶宗儀《說郛》，中國書店，1986）
五代王仁裕《玉堂閒話》（見傅璇琮編《五代史書彙編》，杭州出版社，2004）
五代徐鉉《稽神錄》（中華書局，1996）
宋代洪邁《夷堅志》（中華書局，2006）

宋代李昉等《太平廣記》（中華書局，1961）
宋代章炳文《搜神秘覽》（中華書局，1958）
金代元好問《續夷堅志》（中華書局，1986）
明代顧岕《海槎餘錄》（中華書局，1991）
明代陸粲《庚巳編》（中華書局，1987）
明代錢希言《獪園》（文物出版社，2014）
明代謝肇淛《五雜俎》（中國書店，2019）
明代鄭仲夔《耳新》（中華書局，1985）
清代陳恆慶《諫書稀庵筆記》（小說叢報社印本，1922）
清代和邦額《夜譚隨錄》（重慶出版社，2005）
清代紀昀《閱微草堂筆記》（中華書局，2014）
清代樂鈞《耳食錄》（齊魯書社，2004）
清代梁恭辰《北東園筆錄》（中華書局，1985）
清代梁紹壬《兩般秋雨庵隨筆》（上海古籍出版社，2012）
清代鈕琇《觚剩續編》（重慶出版社，1999）
清代蒲松齡《聊齋志異》（中華書局，1962）

清代錢泳《履園叢話》（中華書局，1979）
清代屈大均《廣東新語》（中華書局，1997）
清代沈起鳳《諧鐸》（重慶出版社，2005）
清代王士禎《池北偶談》（中華書局，1982）
清代王士禎《居易錄談》（齊魯書社，2007）
清代解鑒《益智錄：煙雨樓續聊齋志異》（人民文學出版社，1999）
清代許奉恩《里乘》（齊魯書社，2004）
清代宣鼎《夜雨秋燈錄》（齊魯書社，2004）
清代俞樾《右台仙館筆記》（上海古籍出版社，1986）
清代袁枚《子不語》（浙江古籍出版社，2017）
清代袁枚《續子不語》（陝西人民出版社，1998）
清代朱翊清《埋憂集》（重慶出版社，2005）
清代郁永河《海上紀略》（清刻本）
《湖廣通志》（四庫全書本）

好讀出版｜一本就懂028

中國妖怪繪卷1

作者／張雲
繪者／喵九
總編輯／鄧茵茵
文字編輯／鄧茵茵、簡綺淇
美術編輯／許志忠

發行所／好讀出版有限公司
台中市407西屯區工業30路1號
台中市407西屯區大有街13號（編輯部）
TEL：04-23157795　FAX：04-23144188
http://howdo.morningstar.com.tw
（如對本書編輯或內容有意見，請來電或上網告訴我們）
法律顧問／陳思成律師

讀者服務專線：(02)23672044 / (04)23595819 #212
讀者傳真專線：(02)23635741 / (04)23595493
讀者專用信箱：service@morningstar.com.tw
晨星網路書店：http://www.morningstar.com.tw
郵政劃撥：15060393（知己圖書股份有限公司）
如需詳細出版書目、訂書，歡迎洽詢

初版／西元二〇二四年五月十五日
定價／四百五十元

ISBN 978-986-178-719-0
如有破損或裝訂錯誤，請寄回台中市407西屯區工業30路1號更換（好讀倉儲部收）

國家圖書館出版品預行編目資料

中國妖怪繪卷1／張雲著；喵九繪
—— 初版 —— 臺中市：好讀出版有限公司，2024.05
面：　公分 ——（一本就懂；028）
ISBN　978-986-178-719-0（平裝）
857.63　　　　113005120

填寫線上讀者回函
請掃描 QRCODE

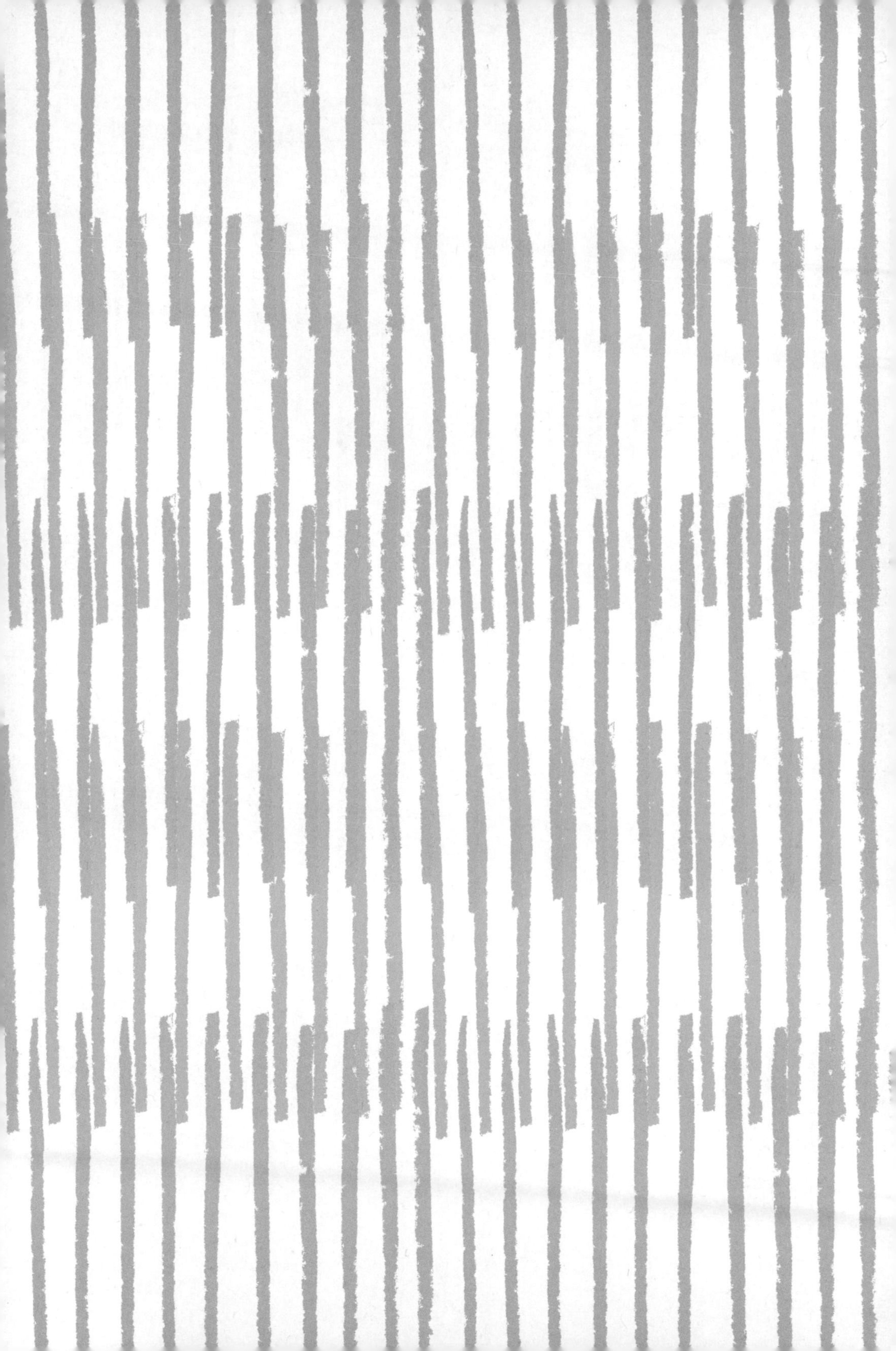

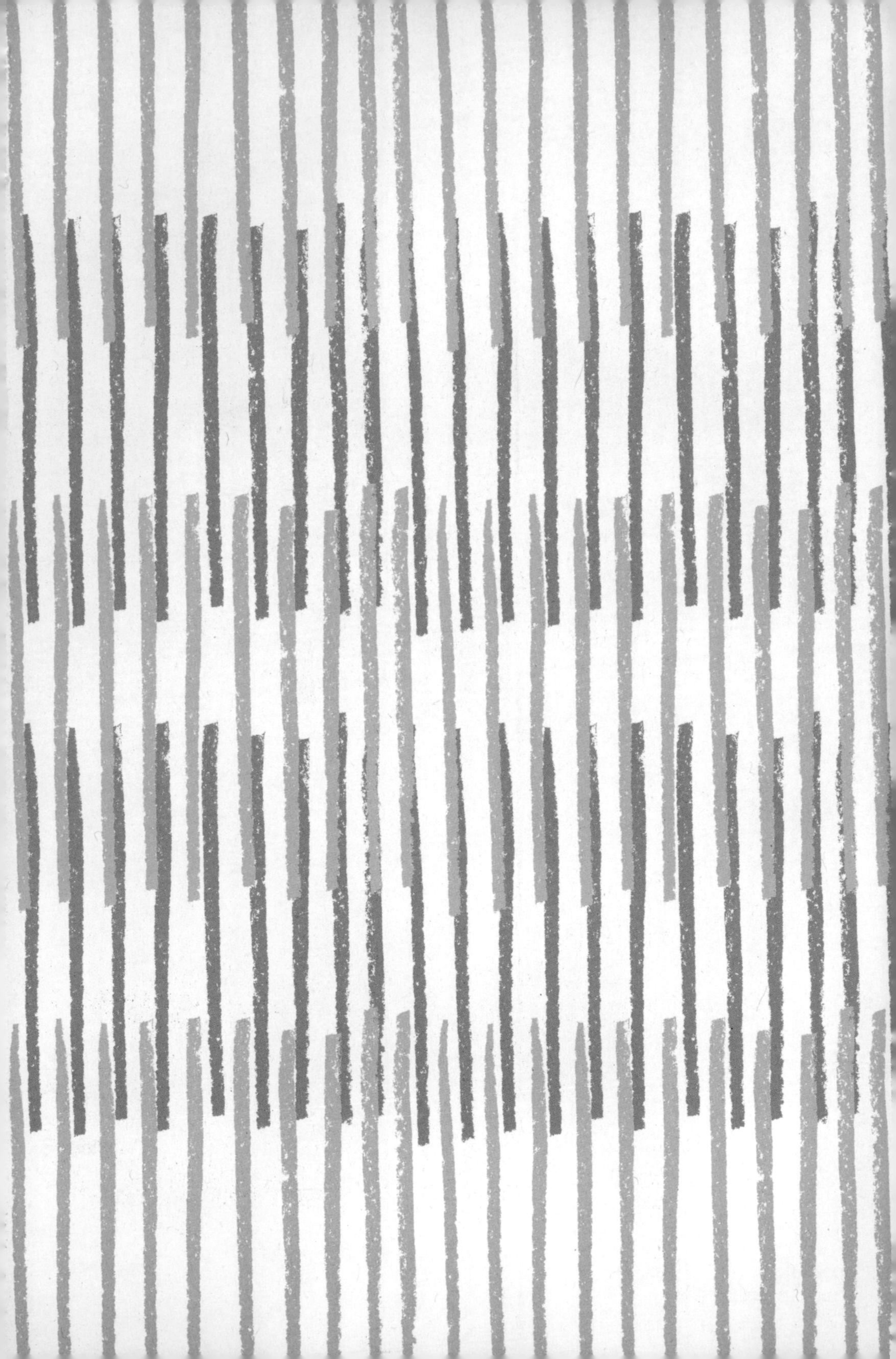